AF191302

Copyright: Heinz Andernach 2024
Herstellung und Verlag: BoD – Books on Demand,
Norderstedt
ISBN: 9783758328442

Untertertia, Obertertia, hört sich ein bisschen an wie unteres Tertiär oder oberes Tertiär.

In meinen Erinnerungen scheint die Untertertia (8.Klasse), meine Untertertia, ähnlich weit zurückzuliegen wie das Tertiär, stimmt aber nicht ganz. Meine Untertertia liegt mehr als 50 Jahre zurück, das Tertiär bis zu 60 Millionen Jahre; ich müsste nachschauen. Jedenfalls habe ich da noch nicht gelebt.

Vielleicht lag damals schon eine Ahnung in der Luft, dass sich eine Menschheit entwickeln würde, vermutlich aber nicht.

Menschheit ist ein nicht unwichtiges Wort in dieser Geschichte, aber die Geschichte spielt im Wesentlichen in Deutschland, das heißt in der damaligen BRD, allerdings auch in den Freiräumen der Phantasie, die uns auf unbewohnte Inseln, Wüstenregionen in Afrika, auf Asteroiden und sogar ferne Sterne führen. Aber vielleicht wird hier zu viel versprochen.

Die Geschichte liegt etwas im Dunkeln, weil die Erinnerungslücken schon den letzten Tag weniger greifbar machen. Die Geschichte ist eigentlich eine ganz normale Romangeschichte, sie ist aber auch Geschichte im Sinne von historisch, obwohl der zuständige Historiker kaum Quellen zur Verfügung hat, nur ein Gedächtnis, dass möglicherweise eine Reise zu einer aufkommenden Demenz aufgenommen hat und auch das Internet ist nicht hilfreich, da es den Andi vor fünfzig Jahren nicht kennt. Andi, in anderer Schreibweise und Aussprache auch

Andy, eigentlich mit Vornamen Henry war mit Peter F., kurz PF, wie er später eine Zeitlang genannt wurde, 1970 in der gleichen Klasse in einem Gymnasium nahe Siegburg und wer Siegburg nicht kennt: Siegburg ist ein beschauliches Städtchen mit ehemaligem Kloster auf einem Hügel als Wahrzeichen, am Fluss Sieg gelegen, einem kleineren rechten Zufluss des Rheins, nicht weit entfernt von der damaligen provisorischen Hauptstadt der BRD, Bonn und auch nicht so weit entfernt von der Fastmetropole Köln, am Rande der Kölner Bucht gelegen, wo flaches Land zu hügeligem wird.

Vermutlich begann die Freundschaft zwischen PF und Andi, wie Henry von PF genannt wurde schon 1969. PF war (damals) etwas dicklich und völlig unsportlich, Andi hingegen hoch aufgeschossen, schlank und es gab Felder im Sport, in denen er langsam besser wurde. Auffallend weiter an Andi eine mehr oder weniger hässliche Brille, zum Ausgleich von Kurzsichtigkeit, die seine Augen scheinbar kleiner machte, während PF strahlend blaue Augen hatte, die nur von einem Michael übertroffen wurden, den Andi in der Sexta (5.) kennengelernt hatte, als PF noch gar nicht auf dem Gymnasium war.

Andi hatte, bevor er PF kennenlernte, die Quarta (7.Klasse) wiederholen müssen (oder dürfen), sitzen geblieben, wie man damals sagte. (leitete sich logisch von Versetzung ab).

Mit anderen Worten: PF war der bessere Schüler und in später selbst durchgeführten Intelligenztests, insbesondere in dem als Buch erhältlichen eines Psychologen und Rassisten namens Eysenck schnitt er deutlich besser ab, (PF hätte vermutlich kein Problem gehabt in MENSA aufgenommen zu werden), dennoch gewann Andi meistens im Schach gegen ihn und auch im Go, ein Spiel, dass sie sich Jahre später angeeignet haben.

Es spielt eigentlich keine Rolle, wer von beiden intelligenter war. Im Laufe des Jahres 71 kam ein Freund dazu, der in diesen Intelligenztests noch besser abschnitt als PF. Es spielte im Denken von Andi und vielleicht auch bei den anderen eine Rolle.

Die interessantere Frage ist: wer von beiden, Andi oder PF, war der größere Spinner?

Andi war schon in früheren Jahren ein Träumer und Spinner, Fundamente für einen späteren paranoiden Charakter wurden schon in seinem sechstem Lebensjahr angelegt, vielleicht sogar schon früher, aber an möglicherweise auslösenden Vorfällen gab es nie eine wirkliche Erinnerung. An Dinge, die mit sechs oder später vorgefallen waren, bestand teilweise eine Erinnerung. Gerüchte, dass er nicht ganz richtig im Kopf sei, und so etwas hätten seine Eltern gesagt, ein etwas älterer Junge namens Dölger war die Quelle, hinderten ihn nicht an seinen Spinnereien.

Nimmt man surrealistische Künstler, Schriftsteller oder Filmemacher zum Maßstab, reichte es nicht dazu, ein ausgesprochener Phantast zu sein.

Diese Art von Kunstrichtung inspirierte ihn und es gab spätere Versuche in diese Kreise aufgenommen zu werden, die aber nur geringen Erfolg zeigten.

Trotz aller Spinnereien und Phantastereien gab es da eine Wurzel aus hartnäckigem Realismus, der die Ausflüge ins Reich der Phantasie beschränkte. Diese Art von Mixtur war gar nicht so ungefährlich.

Das Fernsehen war damals so wichtig wie heute das Smartphone und man befand sich im Kampf gegen die elterliche Kontrolle, die Zeiten für Fernsehen beschränkte, insbesondere für Abends, und es galt, die möglichen Zeiträume in den späten Abend auszudehnen.

Es muss 1966 gewesen sein, also vier Jahre bevor die eigentliche Geschichte beginnt, da schwappte für viele schon ältere Kinder eine Welle der Revolution vom Fernsehen in ihre Köpfe. Commander MacLane alias

Dietmar Schönherr flog mit seinem Raumschiff Orion auf der zweidimensionalen Mattscheibe der damaligen Schwarz-Weiß-Fernseher. Millionen deutsche Kinder lernten, was Science-Fiction ist, nämlich Abenteuer in einer Zukunft, die man schon in der Gegenwart erzählt bekam.

Die wesentlichen Abenteuer, an denen Andi Teilhabe gehabt hatte, lagen fast alle in der Vergangenheit, denn er hatte zum Beispiel jeden verfügbaren Karl May Roman verschlungen.

Die Serie Raumpatrouille brachte für ihn eine geistige Revolution, die sein Denken zumindest in zweifacher Hinsicht beeinflusste.

Er begann sich für Sterne und das Weltall zu interessieren. Ein großformatiges Buch aus der Pfarrbücherei konnte einen ersten Wissensdurst bei ihm stillen. Die Basisdaten des Planetensystems standen auch auf einer Seite im Diercke Weltatlas und da gab es noch die detaillierten Sternenkarten im Großen Duden Lexikon.

Es formte sich vielleicht auch so etwas wie ein Berufswunsch: er wollte Astronom werden.

Die zweite Änderung seines Denkens war vielleicht subtiler. Andi musste begriffen haben (obgleich die Serie nur mit deutschsprachigen Schauspielern besetzt war und damals war die deutsche Gesellschaft nicht so multikulti wie heute), dass die Crew der Orion international war und dass die gezeigten Raumschiffe nicht deutsche Raumschiffe waren, sondern zu einer Sternenflotte der Menschheit gehörten. Gut möglich, dass Andi damals schon ein Fan dieser Idee wurde.

Die Serie wurde zwei Jahre später im ersten Programm wiederholt und auch sein Kindergartenfreund Peter, der zweite Peter in dieser Geschichte und des weiteren hier PT genannt, hatte nun auch die Möglichkeit die Serie zu sehen.

Andi kannte PT seit dem Kindergarten. Wann sie sich zum ersten Mal bewusst wahrgenommen haben, liegt tief unter Erinnerungslücken verborgen, jedenfalls müssen sie sich in den letzten Monaten der Kindergartenzeit angefreundet haben.

In den ersten vier Schuljahren, die sie gemeinsam in der Volksschule verbrachten, setzten sie die Freundschaft fort und verfestigten sie. Sie wurden sogar Blutsbrüder, eine Idee der Beziehung, die der Karl May Leser Andi realisieren wollte.

PT war der bessere Schüler, hatte allerdings ein paar Vorteile durch eine aufgeweckte, ein Jahr ältere Schwester.

Andi hatte Eltern, die mit ihm übten.

Die Freundschaft wurde dadurch gefährdet, dass PT nach vier Schuljahren auf das Gymnasium in Siegburg wechselte, während Andi nun auf das Gymnasium in ihrer Stadt ging, die benachbart zu Siegburg liegt.

PT war immer ein geduldiger, interessierter Zuhörer für Andis Spinnereien und er hat bei vielem mitgemacht. Science-Fiction war auf einmal angesagt, es gab diverse Serien wie Invasion von der Wega, aber dann vor allem später Star Trek, deren Besatzung schon internationaler rüber kam als die von der Orion. Der Erste Offizier der Enterprise war sogar ein Außerirdischer.

Im Grunde genommen war dann zuletzt Krieg der Sterne für Andi die Megaenttäuschung, weil die Reihe mit ihren Prinzen und Prinzessinnen mehr Märchen als Science-Fiction war, Fantasy kam auf und lief der SF den Rang ab. Fantasy ist gewissermaßen auch nationaler als SF, aber das alles ist außerhalb der Zeit, in der diese Geschichte spielt.

Die Freundschaft zu PT hat gehalten, auch wenn jedes

Gymnasium eine Welt für sich darstellt, die man morgens müde betrat und kurz nach Mittag meistens gegen eins wieder verließ.

Für PF war es eine kleine Weltreise, weil er sozusagen auf der anderen Seite von Siegburg wohnte. In der Nähe seines Zuhause gab es einen Fernsehturm, der Nachts unheimlich aussah. Die Siedlung, in der PF wohnte, lag auf einer Anhöhe, von Siegburg auch durch einen Wald getrennt, alles Hindernisse, aber auch Herausforderungen, wenn man sich gegenseitig mit dem Fahrrad besuchen wollte, zumal es auch 12 km reine Fahrstrecke war. PF hat das dann praktisch auch nicht gemacht. Er lebte in einem Bungalow mit zwei jüngeren Geschwistern und sein Vater war ein Verbrecher.

OB PFs Vater schon damals ein Krimineller war, weiß ich eigentlich gar nicht, jedenfalls war er geschäftlich unterwegs. In späteren Jahren ist er dann tatsächlich in den Knast gekommen, später noch hat er ein kleines Altenheim gegründet, nicht unweit von Andis Wohnung, der inzwischen diesen Namen abgelegt hatte und allgemein wieder Henry genannt wurde.

Inwieweit sein Nachname Milk seine Schulkameraden inspiriert hatten, ihn Galaxis zu nennen, ist nicht ganz klar. Es war wohl mehr sein doch stärkeres Interesse für Sternenkunde, die den Eich dazu führte, ihn mit dem Namen fast zu hänseln. Der Eich besaß ein bisschen den Neid von Andi, denn der Eich war eine Sportskanone. Irgendwie war er auch nicht unsympathisch.

Die sportlichen Fähigkeiten von Andi entwickelten sich etwas im Laufe der Pubertät und weiteren Jugend. Als anerzogener Rechtshänder war er meist etwas linkisch und im Turnen und in den Wurfdisziplinen, letztere, in denen zum Beispiel sein Onkel Hein als Jugendlicher brillierte, versagte er völlig.

Es zeigte sich aber ein Talent im Laufen, für Mittel- und Langstrecken und er entwickelte Kraft. War es ihm früher unmöglich, ein dickes Seil hochzuklettern, schaffte er es später ohne Unterstützung der Füße.

Die Verbesserungen begannen schon, als er PF kennenlernte und vielleicht wenig, vielleicht mehr verachtete er PF wegen seiner totalen Unsportlichkeit und er hätte vielleicht lieber einen Freund wie den Eich gehabt, aber war der überhaupt in der Lage ihn zu verstehen?

Andi hatte teilweise schon länger die Tendenz gehabt, sich andere Außenseiter zu Freunden zu suchen, zum Beispiel

Charly mit dem großen Kopf. Die Mutter hatte einen großen, bunten Papagei, einen Ara. Charly verschwand schnell von diesem Gymnasium, dass den Ruf hatte, in der näheren Region die Schule mit den höchsten Anforderungen zu sein.

Viele Jungs verschwanden, sie hatten es irgendwie nicht geschafft und indem sie verschwanden, spielten sie in Andis Leben praktisch keine Rolle mehr.

Diese leichte, kleine Verachtung gegenüber PF durfte kein Hindernis sein, mit ihm Kontakt zu pflegen, eine Freundschaft zu pflegen, wenn es vielleicht auch nur ein Zweckbündnis war, um nicht alleine zu spinnen.

Vielleicht war das bei PF ähnlich, der trotz aller Mankos sehr von sich überzeugt war und wie alles im Universum sind Mankos relativ beziehungsweise besser gesagt relational. Vielleicht wusste er, dass er nach gewissen Maßstäben der intelligentere war; er war sich bewusst Sternzeichen Löwe zu sein, seltsamerweise hatte dies für ihn eine größere Bedeutung und so formulierte er bei ihren gemeinsamen Projekten Führungsansprüche. Er war Commander McLane, Perry Rhodan.

Letzte Serie hatte es völlig auf den Punkt gebracht: die Menschheit musste durch eine Weltregierung geführt werden, durch einen Perry Rhodan, der diese mit Mitteln überlegener Technik herbeiführt.

In der Serie bekommt Perry die Technik durch Außerirdische, die eigentlich wie Menschen aussehen, nur ein bisschen blonder.

Sollte doch PF PR sein, in der Serie fand Andi die Figur von Atlan faszinierender.

Seit dem Andi die interstellaren Möglichkeiten der Science Fiction-Welten kennengelernt hatte, interessierte er sich nicht mehr für die reale Raumfahrt, obgleich der erste bemannte Mondflug noch nicht so lange zurücklag, quasi gestern erst gewesen.

Man brauchte bei Raumschiffen mindestens einen Plasmaantrieb und irgendetwas musste man finden, diese dusselige Geschwindigkeitsbeschränkung der Lichtgeschwindigkeit zu überwinden (die Invarianz des Lichtes war kein Begriff noch die damit verbundene Verletzung des Kausalprinzips bei Überschreitung der Lichtgeschwindigkeit). Vergessen ist, wann die beiden zum ersten Mal von Einstein gehört haben. Man machte sich nun einen Kopf darüber, wie man Raumschiffe entwarf und baute.

–

Es wäre verkürzt, den Anfang der Geschichte auf Raumschiffe zu reduzieren. Obwohl die beginnende Freundschaft mit PF für den weiteren Fortgang der Geschichte das wesentliche Element war, war diese zwar eine, die einen nicht unerheblichen, aber dennoch nicht alle Interessen Andis abdeckten.

Das galt auch für PF, der öfters sagte, dass er lieber mit Mädchen als Jungs spiele. Im Nachbarbungalow wohnte dann Sigrid, die schon bald in ernsterer Weise sein Interesse weckte und Prioritäten verschob.

Mit Jungs aus der weiteren Nachbarschaft, die fast alle aufs gleiche Gymnasium gingen, hatte Andi Möglichkeiten Fußball zu spielen. Er wollte Freund von Thomas S. sein, mit dem er auch öfters die vier bis fünf Kilometer lange Strecke zum Gymnasium und zurück mit dem Fahrrad fuhr und aufgrund häufiger größerer Verspätungen deshalb Ärger mit seiner Mutter bekam, die ja mit dem Mittagessen auf ihn wartete und in solchen Fällen sich auch sorgte.

Irgendwie bewunderte Andi Thomas S., der deutlich besser in Sport war und der auch besser verarschen konnte, aber die Freundschaft war etwas einseitig und das Interesse an Andi war wohl nicht groß; auch schien die Familie von Thomas S. sich für etwas Besseres zu halten. Andi machte Thomas klar, dass dieser später sein Geheimdienstchef und bester Agent sei und wollte sich vor ihm mit Ausrufen: „Was kostet die Stunde?", die er auf dem Rad entgegenkommenden, etwa gleich alten Mädchen, manche schon mit einem verruchten Ruf, profilieren. Was für ein Arschloch!

Aber dennoch, alles in allem war Andi ein lieber, verträumter Junge.

Thomas S. verschwand von der Schule, aber diese Art von Freundschaft bröckelte schon vorher. Wie man allgemein hörte, hatten die Verschwundenen auf ihren neuen Schulen, oft andere Gymnasien, größere Schulerfolge. Zu der Fußball spielenden Clique gehörte ein Hochbegabter, auch mit Namen Thomas, Thomas M., ein kleiner Typ mit ausgeprägter Nase und etwas größerem Kopf und es gab ein paar Momente im Wald, in denen es schien, dass sie sich nahe waren. Zu Gast bei der Familie Kröll, einer der Jungs hieß mit Nachnamen Kröll, wurden von den Eltern bei versammelter Mannschaft Knobelaufgaben gestellt. Thomas M. brillierte und Andi war mit Abstand nur Zweitbester. Mit einem dieser Clique, die im Prinzip nur Fußball kannte und keine Raumschiffe und so weit die Erinnerung es hergibt, waren Mädchen auch kein Thema, war er doch stärker befreundet und dieser war auch ein ernsthafter, sogar besserer Gegner im Tischtennis, aber Michael war dann letztlich doch zu affig. Er lebte mit seiner Mutter alleine in der weiteren Nachbarschaft. Die Mutter sah ganz gut aus.

Auch Michael verschwand und wie gesagt, er war zu affig und wenn er auch irgendwie ein Spinner war, fehlte ihm der Sinn für die große Spinnerei.

Er war später dann Polizist, wie ein anderer Michael, Michael G., der nach der 4. auf die Realschule wechselte und in unmittelbarer Nähe von Andi wohnte.

Wenn gegenüber PT (außer seinem Klavier) Andi mehr und die teureren Spielsachen hatte und auch das höhere Taschengeld, so verkehrten sich die Verhältnisse gegenüber diesem Michael um. Michael G. hatte eine Carrerabahn und was dann später wichtiger wurde: er besaß einen Plattenspieler und war somit eine Inspiration. Obwohl auf einer anderen Schule, war er nicht ganz verschwunden, weil sein und Andis Kinderzimmer nur etwa 50 Meter auseinanderlagen.

Obwohl Andi im eigenen Haus lebte und Michael G. in einer Genossenschaftswohnung, besuchte er Michael G. und nicht umgekehrt. Michael G. verschwand auch zuerst nicht, weil ihre Eltern miteinander befreundet waren. Michaels Mutter war deutlich jünger als die eigene, die ihn mit 32 geboren hatte, aber das war bei seinen Freunden die Regel: sie hatten jüngere Mütter. Jede von ihnen spielte eine Rolle und gehörte zu den erwachsenen Frauen, die, wenn auch die meisten nicht, ihn zu Handgreiflichkeiten verleiteten.

–

Andi war gewissermaßen von PT aufgeklärt worden, auf dem Kinderspielplatz, für den sie längst zu alt waren, aber es gab da einen kleinen asphaltierten Rundkurs, den man für Dauerlauf nutzen konnte, vielleicht nicht viel länger als insgesamt hundert Meter.

Irgendwann muss Andi mindestens fünfzig monotone Runden gelaufen sein, war richtig stolz auf sich, aber überschätzte die Strecke, die er wirklich gelaufen war. Sie saßen auf dem metallenen Klettergerüst und PT erzählte von dem Büchlein, das seine streng katholischen Eltern ihm zu lesen gegeben hatten. Es ging wohl nicht um Lust, sondern eher, wie die Kinder auf die Welt kamen. Möglicherweise hatte PTs Schwester schon ihre Periode, von der dieser aber nichts mitbekam. Zeitlich lässt sich das nicht ganz einordnen, aber es muss etwas vor der Zeit gewesen sein, als PF und Andi begannen Raumschiffpläne zu schmieden. Kam in dem Büchlein das Wort Orgasmus vor?

Es hatte auch eine Sommerfreizeit in Niederösterreich gegeben, in der Nähe von der tschechoslowakischen Grenze, eine Lage, die Andi faszinierte und fast geheimnisvoll fand, in einem Kloster geführt von Mönchen und organisiert von seiner katholischen Gemeinde, mit einem buckeligen Mönch als Inventar und einem gemeinsamen Schlafsaal, in dem einige Ältere sich gemeinsam einen runterholten. Ein österreichischer Junge (der einzige aus Österreich) war auffällig, auch weil er mit seinen Erfahrungen angab und zum Beispiel betonte, dass Küssen viel interessanter sei als ficken.

Andi hatte sich noch nie einen runtergeholt und er hielt sich da raus und beschäftigte sich lieber mit dem jüngeren Jonscher, ein Junge aus der unmittelbaren Nachbarschaft, der im selben Haus wohnte wie Michael G. mit dem Plattenspieler. Michael G. zog später mit seinen Eltern ins Siegerland.

Dieser Jonscher hatte offensichtlich eine psychische Störung, er hatte anscheinend keine Freunde, schien völlig verweichlicht und das geeignete Opfer für Andis Spinnereien zu sein.

Es müssen Sommerferien gewesen sein, nachdem Andi sitzengeblieben war.

Andi ist zweimal sitzengeblieben, einmal nach der Quarta (6.Klasse), 68, in diesem Sommer war er 12 Jahre und in der Obertertia (9), 1971, da war er 15 Jahre.

Es erscheint unwahrscheinlich, dass er mit 15 noch nicht masturbiert hatte, andererseits muss er dem Jonscher von einer eigenen Währung erzählt haben, aber er kann mit 12 weder mit PF befreundet gewesen sein noch ihn gekannt haben. Aber hat er die eigene Währung nicht mit PF kreiert oder hat alles einen viel früheren Ursprung? Irgendetwas stimmt nicht und möglicherweise hat die katholische Freizeit in einem katholischen

Paralleluniversum stattgefunden.

Es liegt alles etwas oder irgendwie im Dunkeln, wobei es eine ungewöhnliche Betrachtungsweise ist, dass Zeiträume dunkel sind, wohingegen man eigentlich von einer dunklen Zeit spricht, wenn wirklich üble Sachen passiert sind.

Irgendwann kam das erste Mal, nicht der sogenannte Beischlaf mit einer Frau, sondern der erste Orgasmus durch Selbststimulation und möglicherweise kam das alles relativ spät.

Mit Thomas S. auf dem Rad unterhielt er sich über Szenen im Fernsehen, die nackte Frauen gezeigt hatten und irgendwann sah er ein Frauenballet, dass sich auszog – waren es Putzfrauen?

Das hatte ihn so erregt, dass er sich zurückgezogen in seinem Zimmer und Bett die Szenen des Zweiten Deutschen Fernsehens nochmals vorstellte und dabei ist es passiert.

Es war sehr, sehr intensiv, man kann philosophisch darüber streiten, ob das Wort „schön" adäquat ist.

Danach war es klar, dass die Sache unheimlich stark und mächtig war.

Andi wurde schnell zu einem Wiederholungstäter.

Es begann die Spekulation darüber, wie das eigentliche erste Mal sein würde. War es noch stärker, noch intensiver?

Aus rein logischen Gründen musste das so sein, denn die älteren Jungs und die jungen Männer allgemein suchten und wollten eine Freundin oder eine Frau. Wenn der Orgasmus einer Masturbation intensiver war, waren derartige Bestrebungen unnötig, eher unlogisch, wobei diese Überlegung nicht berücksichtigt, dass bestimmtes Verhalten ausgeübt wird, weil man es aus Tradition oder Gewohnheit einfach so macht und wenn die Triebfeder kleiner sein könnte, als man dachte, so ist die Partnerschaft zwischen Frau und Mann doch der Grund, warum die Gattung Mensch überhaupt existiert.

Irgendwann musste auf dem Stundenplan Evolutionsbiologie und Sexualkunde stehen, wobei die Aufklärungsversuche des schon sehr religiösen Biologielehrers sehr verklemmt wirkten und möglicherweise stand Evolutionsbiologie gar nicht auf dem Stundenplan, ähnlich wie in Schulen des Bible Belt oder Länder der muslimischen Domäne.
Die Spekulation über den wahren Sex wurde noch dadurch befeuert, als man erfuhr, dass es so etwas wie Prostitution gab, dass es Nutten gab, mit denen es man für Geld machen konnte. Preise wurden genannt und dreißig Mark erschienen viel. In Kalkutta war es mit 50 Pfennig oder noch weniger deutlich billiger. Dass mit einer Frau musste deutlich besser sein als die Selbstbefriedigung, letztere konnte man doch umsonst haben.
Es war keineswegs nett, wenn man Mädchen, wenn sie in ihrem Ruf auch als verdorben galten, hinterherrief: "Was kostet die Stunde?", eine scheinbare Frage, die keineswegs ernstgemeint war, sondern nur reine Provokation und möglicherweise auch eine verzweifelte Beschränktheit ausdrückte, weil diese Mädchen faktisch unerreichbar waren und man mit ihnen nicht spielen konnte. Wie gesagt, alles in allem war Andi ein netter Junge, der langsam auch ein Gespür dafür bekam, dass es auf der Welt ungerecht zuging.
Daneben hatte Andi und auch PT ein größeres Interesse an Currywurst.
Während in frühen Kinderzeiten Eierspaghetti von Birkel mit von Mutter selbstgemachten Apfelkompott für ihn das größte gewesen war, wurde später das Jägerschnitzel mit

Fritten bei den sehr wenigen Restaurantbesuchen zum absoluten Highlight, aber das besondere Schnitzel war ebenso unerreichbar und unbezahlbar für ihn.

Die Currywurst war dann schließlich eine fast bezahlbare Alternative und als PT und Andi Zeitschriften austrugen, verfügten sie auf einmal so viel Geld, dass sie sich Currywurst und Fritten leisten konnten und sie haben eine Familie namens Assemacher mit reich gemacht. Andis Gier verlangte manchmal nach zwei Portionen.

Zu Süßigkeiten ist zu sagen, dass Langnese Eiscreme deutlich besser war als Schöller. Andi aß gerne Eis, aber nicht oft, das galt auch für Nussschokolade und man könnte vermuten, er hätte eine Affinität zu Milky Way gehabt, aber Milky Way brachte es nicht, eher ein gekühlter Mars-Riegel, aber Mars machte Ärger mit den Zähnen und vom leckeren Bounty bekam er Pickel. Eine Gefahr waren Gummibärchen von Haribo. Zwar selten genommen führten die dazu, dass er eine ganze Tüte essen musste, egal wie groß sie war.

Die Zeitschriften selber waren eine unerschöpfliche Quelle von Nacktfotos, Nacktfotos von Frauen, im Wesentlichen Oben ohne und erotischer Stories, die für die Pubertären wesentlich interessanter sein mussten als für die Erwachsenen, für die die Zeitschriften bestimmt waren.

Es gab also noch anderes als Sterne und Raumfahrt. Im ersten Jahr ihrer Freundschaft saßen PF und Andi nicht nebeneinander, sondern Andi saß neben einem Dicken und gab mit einer Freundin namens Georgia an, die nicht existierte.

Da die schulischen Leistungen von Andi in diesen Jahren nicht sonderlich waren, was etwas verharmlosend ausgedrückt ist, sollte nicht unerwähnt bleiben, das neben dem Fach Geographie, in dem er als kleiner Junge schon ganz gut war, kannte er doch mit jungen Jahren um die sechs bis acht alle Hauptstädte der Erde mit Namen, allerdings nicht die aktuellen, sondern eher die der kolonialen Zeit der fünfziger Jahre, das Fach Geschichte ihm lag.

Sein Vater hatte aus später nicht ganz nachvollziehbaren Gründen ein umfangreiches Pseudogeschichtswerk von Otto Zierer mit vielleicht 37 Bänden angeschafft, Ausdruck für den familiären Wunsch, lesen zu wollen, was die Eltern aber nie geschafft haben und Andi hatte darin griechische Geschichte gelesen, über die Zeit der großen Philosophen, über die Entstehung der Demokratie, über Perikles, die Verteidigung gegen die Perser, der Konflikt Athen-Sparta. Alexander der Große hatte ihn dann nur noch zum Teil interessiert.

Diese Lektüre machte Geschichte zu seinem besten Fach. Neugierig war er auf Physik, „arbeitete" er doch an einem Plasmaantrieb, an Kanonen, die im Weltraum heiße Plasmakugeln verschießen konnten, grundsätzlich auch an der Entwicklung von Fusionsreaktoren.

Es muss die Untertertia gewesen sein und es wurde mit Dingen wie Lachsäcken gefoppt, die Physiklehrerin vielleicht mit Namen Büchner hatte in der Klasse keinen leichten Stand.

 Es war schon lustig, wie sie, vielleicht hysterisch, vielleicht überfordert in die Klasse ausrief: „Wo ist der lachende Sack?"

Seine Noten in Physik waren eher enttäuschend und

schienen nicht hinreichend für Teilhabe an der
Entwicklung von Fusionsreaktoren, andererseits waren die
Grundlagen der Kinematik weit entfernt von diesen
wahren Forschungsaufgaben.
Mehr als fünfzig Jahre später gibt es immer noch keinen
wirtschaftlichen Fusionsreaktor, aber immer wieder
Meldungen von Durchbrüchen und der Fusionsreaktor
steht auf der Agenda nicht ganz unbedeutender Parteien.
Wie gesagt lag Andi das Fach Geschichte; er konnte sich
Namen und Jahresdaten gut merken, auch
Zusammenhänge. Es gab aber Gründe, dass er von den
mehr als dreißig Bänden in fast Romanform aufbereiteter
Geschichte nur vielleicht drei vollständig gelesen hat und
in den einen oder anderen vielleicht mal rein geschaut hat.
Das Andi nicht zum schulischen Superstar für Geschichte
wurde, liegt wohl daran, dass er große Epochen für völlig
uninteressant hielt, zum Beispiel das europäische
Mittelalter, Zeiten der Reformation, Zeiten des
unendlichen Krieges, Zeiten des Barocks und der
Renaissance.
Interessant wurde es für ihn wieder mit der europäischen,
insbesondere französischen Aufklärung und er hat zum
Beispiel in seiner Schulzeit die kompletten
„Geständnisse" von Rousseau gelesen, ein bisschen von
Voltaire, aber mit dem Wiener Kongress wurde wieder
alles uninteressant und die Geschichte Deutschlands in
der ersten Hälfte des 20. Jahrhunderts schien belastend.

Aber es muss gesagt werden, dass in sehr frühen Jahren
von irgendwo eine Kriegsbegeisterung über ihn
gekommen war oder lag es einfach an der DNA eines
Jungen, sich für Schlachten zu interessieren?
Die mehr oder weniger christlichen Botschaften von Karl
May müssen auf ihn mäßigend gewirkt haben und

obwohl er nie Landser-Heftchen gelesen hatte oder lesen würde, war die Erzählung über den fiktiven Kampf der Raumschiffe im Perry Universum mit seinen faszinierenden Transformkanonen, die mächtige Wasserstoffbomben in die feindlichen Raumschiffe teleportierten, wahlweise natürlich auch in Städte galaktischer Zivilisationen, obwohl diese Gräueltaten in den Heftchen nie explizit geschildert wurden, diese Geschichten von Schlachten, bei denen die feindlichen Raumschiffe explodierten, natürlich nicht unbedingt eine moralisch höherwertige Lektüre.

Ohne es genau zu wissen, denke ich aber, dass die Gewaltanteile bei Landser-Heftchen etwas größer sind als bei den frühen Perry Rhodan-Romanen.

Moralisch überlegen macht Perry Rhodan, dass die Menschheit vereint ist, allerdings erfährt man nicht viel vom Leben gewöhnlicher Menschen. Perry Rhodan muss letztendlich ein Diktator sein, denn niemand wird über hunderte von Jahren immer wieder gewählt.

Etwa bei Heft 550 stieg Andi aus, inzwischen zu alt für die Serie, und wir wissen nicht, wie das Perry Universum sich weiterentwickelt hat.

In seinen Phantasien schossen seine Plasmakanonen, wenn auch immer in Notwehr, aber der Weg der Phantasie führte in den Kampf, weil der faszinierte. Wer oder was hatte dafür den Keim angelegt?

Auch PF musste den waffentechnischen Aspekte seiner Raumschiffe etwas abgewinnen können, obgleich er betonte, lieber mit Mädchen zu spielen.

Die Berichtsweise mit alten Filmdokumentationen über den 2.Weltkrieg, die Erzählungen von Onkel Hans vom Russlandfeldzug, die Raufereien mit seinem Vater und dessen Erzählungen über seine Kämpfe in der Kindheit, alles das sind vielleicht Antworten.

Stellenweise hatte sich Andi in frühen Tagen auch für Biologisches interessiert. Woher kam sein perverses Interesse, den Ausgang zwischen dem Kampf eines Tigers gegen einen Löwen wissen zu wollen?

Im frühen elterlichen Garten und im noch unbebauten Umfeld gab es viel mehr Insekten und anderes Kleingetier als heute. Mäuse zu sehen war nichts Seltenes und einmal hat Andi einen Maulwurf getötet.

Das sehr schlechte Gewissen stellte sich sofort ein, verfolgte ihn länger und vielleicht wird er gelegentlich noch an seinem Lebensende an den Maulwurf denken. Andi hatte so eine Art Freundin, eine Katze, die ganz eindeutig ihre Zugehörigkeit zur Familie zeigte und Vögeln und Nagern das Garaus machte, so auch sein Vater, der mit Carbid im Garten vorging, so eine Art Zyklon B für kleine Nagetiere.

Wie ein Kampf zwischen einem durchschnittlichen Tiger und einem kräftigen Grizzly-Bären ausgehen würde, interessierte Andi, aber dergleichen konnte er nur im kleinen durchführen.

Beispielsweise sperrte er eine gewöhnliche Kreuzspinne mit einer normalen Wespe in einem Marmeladenglas von Schwartau zusammen und wartete ab, was passieren würde.

Schon richtig ausgeklügelt waren seine Experimente mit Ameisen, von denen es auf dem Grundstück jede Menge gab. Die normale, dunkelbraune Art war praktisch überall zu finden und es war ein leichtes, eine halbe Kolonie in einen Eimer zu verfrachten. Seltener waren viel kleinere, rote Ameisen.

Er brachte Kolonien von beiden Arten im Eimer zusammen und in der Regel dezimierten die Braunen die Roten, aber vier oder fünf kleine Rote konnten es mit einer Braunen aufnehmen, im richtigen Verhältnis konnte eine rote Eimerkolonie überleben.

Harmloser waren seine Versuche Heuschrecken zu

dressieren und zu der einen oder anderen entwickelte er ein fast freundschaftliches Verhältnis. Vor den riesigen grünen Grillen hatte er Respekt.

Trotz dieser „Experimente", die Andi in seiner Kindheit durchgeführt hat, wurde er nicht zu einer Art Doktor Mengele der Neuzeit, sondern, und das ist eine Vorwegnahme der Geschehnisse, entwickelte sich Andi zu einem Humanisten mit teilweise vegetarischen Tendenzen und er hat auch nur selten andere Kinder gequält.

Im Übrigen gab es Gleichalterige, die ihn verprügeln konnten, so wie es natürlich auch die gab, die er bezwingen konnte.

In der Zeit als er sich mit PF anfreundete, war er schon relativ zivilisiert. Er begann die wahren Kriege und Kämpfe der Geschichte als schlecht zu finden, fand aber noch Gefallen an den fiktiven, virtuellen im Weltraum in einer fernen Zukunft.

Ein kleines, psychologisches Moment sollte hier noch erwähnt werden. Andi hatte früh eine Phantasie, eine Bande zu bilden.

Die Städte, in denen sie lebten, lagen am Rande von Wäldern, die viel Platz für kindliche Phantasien und Träumereien boten.

Eine Tag – oder Gute Nacht-Träumerei war die, dass Andi Häuptling einer Bande von Kindern war, die auf Rehen ritten und ihre Kämpfe mit rivalisierenden Banden mit Repetierluftgewehren ausführten. Die anderen saßen im Nachbarwald und Flüsschen wie die Agger oder die Sülz bildeten die Grenze. Die Luftgewehre gab es im Katalog von Quelle zu bestaunen. Letztendlich waren die Kinderbanden kleine Indianerstämme.

Insofern war die Freundschaft zu PF unzureichend, denn zu zweit konnte man keine Raumschiffe bauen, bestenfalls konstruieren und in Auftrag geben. Zu zweit allein konnte man nicht die Menschheit retten.

Diese Idee, mit Raumschiffen die Macht auf der Erde zu übernehmen und die Weltbevölkerung zu vereinen konnte nicht nur mit zwei Mann realisiert werden: es stellte sich die Aufgabe, andere Kinder zu finden, die man von ihrem Plan überzeugen konnte. Natürlich müssten die Kinder fähige Köpfe sein.

Der martialische kleine Junge, hier fälschlicherweise Andi genannt, denn der Junge bekam den Namen erst von PF, Namen wie Arcturus Bootes oder Capella Auriga setzten sich nicht durch, fand auch schon früh Mäßigungen. Beispielsweise waren es ja Luftgewehre, mit der die Krieger auf Rehen bewaffnet waren und Andi war natürlich bewusst, dass diese nicht tödlich waren und es natürlich weitaus wirksamere Schusswaffen gab. Woher kam diese Bescheidenheit?

Zuerst schossen die Plasmakanonen, aber gleichzeitig wuchs das historische Wissen, das historische Bewusstsein, das Wissen um die Welt und in Andi bildete sich der Gedanke, dass er gar keine Lust hatte, Großadministrator der Erde in Partnerschaft mit seinem Freund PF zu sein, sondern er wollte weg von dieser Erde mit ihren Problemen, weg in den Weltraum, um dann mit Gott und der Welt Handel zu treiben. Inspiriert war er von den Springer aus der Perry Rhodan Serie, die mit Allen Handel trieben, in der Serie aber als moralisch minderwertig beschrieben wurden.

Die Raumschiffe der Springer hatten Zylinderform und so sahen dann auch Andis Raumschiffe aus, während PFs Raumschiffe Kugelform wie die Raumschiffe Rhodans behielten oder an der klassischen fliegenden Untertasse angelehnt waren.

–

In etwas späteren Jahren, vielleicht zwei Jahre später und bei dieser Einschätzung werde ich mir wieder klar darüber, dass ich mit diesen zeitlichen Einschätzungen eine gewisse Geschichtsverfälschung betreibe, denn tatsächlich lässt sich nicht sagen, ob es sich dabei um ein Jahr (wo lag der Referenzpunkt?) oder um drei Jahre handelte, also in späteren Jahren versuchte Andi seine Bestrebungen zylinderförmige Raumschiffe zu konstruieren in einem Roman zu fassen und zu verarbeiten, sein zweiter Romanversuch, der ebenso scheiterte wie sein erster, den er vielleicht mit neun Jahren begann, voll beeinflusst von Karl May, aber auch von seinen erdkundlichen Kenntnissen.

Dieser erste Roman sollte wohl irgendwann im achtzehnten Jahrhundert spielen und sollte heißen: Von Feuerland nach Alaska

Die Abenteuer eines Ich-Erzählers, natürlich mit Indianern und wilden Tieren, natürlich Abenteuer zusammen mit einem indianischen Freund, aber es scheint so, dass die Vorlage für diesen Freund mehr von Robinson Crusoe stammte als von Winnetou.

Er begann den Roman im Schmandbruch bei einem Aufenthalt bei Oma Froni.

Neben Karl May, dann später Lederstrumpf und die Geschichte von Tecumseh - er fand all diese anderen Indianergeschichten etwas emotionsloser und härter als die Karl May Saga aus dem Wilden Westen und eigentlich zog er die Orientgeschichten den Wild West Geschichten vor -, neben dieser Indianerabenteuerliteratur, die ihn im rheinischen Karneval natürlich zum Indianer machte und nicht zum Cowboy, hatte er von Charly (der mit dem Papagei) einen Roman von Jules Verne ausgeliehen bekommen: Die geheimnisvolle Insel. Dieser Roman sollte zentral für seinen Ideenklau werden.

Die Phantasien waren nichts Eigenständiges, sondern ein Mix aus irgendwelchen Quellen.

Beide Romanversuche haben nicht mehr als zehn, zwanzig Seiten gebracht und der zweite sollte eine Art aufgeklärter Perry Rhodan werden.

Merkwürdigerweise hatte Andi bei den Perry Rhodan Geschichten eine größere Sympathie für die Bösen und wenn Andi mit etwas über zwanzig, aber vielleicht schon früher, aber was jedenfalls außerhalb dieser Geschichte liegt, zur Überzeugung gekommen war, dass Perry Rhodan letztendlich ein faschistisches Regime führte, so waren insbesondere die humanoiden Bösen noch um ein vielfaches faschistischer.

Die Idee mit dem Geld (siehe später) klaute er im Prinzip den MdI und Tefrodern.

Wäre nun Andi eine historisch relevante Person könnte vielleicht ein Historikerstreit darüber entstehen, ob es nun die MdI, die Meister der Insel, fiese, aber coole Oberfaschisten der Andromedagalaxie, die über die Möglichkeit von Zeitreisen verfügten oder Kapitän Nemo war, die ihm die Idee aufdrängten, eine unbewohnte Insel wäre der geeignete Ort im geheimen die Raumschiffe zu bauen, die nötig waren, um die Kontrolle über die Erde zu übernehmen oder eben abzuhauen.

Die Meister der Insel müssen wohl die Erde und die von Menschen kolonisierten Welten mit Falschgeld, perfektes Falschgeld überschwemmt haben oder es zumindest geplant haben und perfektes Falschgeld schien Andi das geeignete Mittel zu sein, um die Investitionen für den Raumschiffbau zu finanzieren, daneben natürlich auch für weitere Einflussnahme auf die Welt und eine Insel schien geeignet im Verborgenen Falschgeld zu produzieren und

Raumschiffe zu bauen.

Ganz alternative Historiker könnten noch „Jim Knopf und Lucas der Lokomotivführer" heranziehen.

War es dann Lummerland, was ihm eigentlich vorschwebte?

Die Idee war gereift und es muss einen Tag gegeben haben, eine Gelegenheit, bei der er PF davon erzählt hat. Möglicherweise ist er zuerst auf Skepsis gestoßen, aber Andi war schon so weit, eine Insel zu benennen, wo alles geschehen sollte.

Es gab da einige Voraussetzungen, die die Insel erfüllen musste: sie sollte natürlich unbewohnt sein, sie sollte weit ab von menschlicher Zivilisation sein, nicht zu klein und die klimatischen Verhältnisse erträglich.

Später kam noch ein weiteres Kriterium hinzu: eine bewölkte Insel war sicherer, denn es war die Zeit der aufkommenden Satellitenbeobachtung, die Zahl der Satelliten vergrößerte sich ständig, vielleicht exponentiell und dabei musste man berücksichtigen, dass man frühestens mit dem Vorhaben Anfang der Achtziger loslegen konnte, obwohl man vielleicht frühere Jahre zuerst im Kopf hatte.

Für Andi war es gewiss, dass eine unbewohnte, abgelegene Insel geeigneter war als zum Beispiel eine entlegene Parzelle im Regenwald Amazoniens, dem Kongobecken oder irgendwo auf Neuguinea oder seinen großen Nachbarinseln und natürlich auch sicherer als ein angemietetes Industriegelände in Köln oder Buenos Aires. Den Beweis für diese These ist er uns schuldig geblieben. Es gibt nur sehr wenige, sehr abgelegene und unbewohnte Inseln, die groß genug sind, um sie in einem Schulatlas vorfinden zu können.

Der braune Diercke Weltatlas war das Beste, was zur Verfügung stand, allerdings verfügte Andi über das achtbändige Große Duden Lexikon, dass neben hervorragenden, außergewöhnlich detaillierten Himmelskarten auch gutes geografisches Kartenmaterial besaß.

Im Atlas waren diese entlegenen Inseln Punkte oder winzige Flecken und sie hatten keinerlei Quellen, wie diese Inseln nun ausschauten.

Eine typisch entlegene Insel ist zum Beispiel die Osterinsel im Südostpazifik, aber die war ja bekannterweise bewohnt, wobei es wie ein Wunder erscheint, das genügend Menschen dort hinfinden konnten, mit einfachen Mitteln, und es können ja nicht nur zehn Menschen gewesen sein, die dort ankamen. Die Insel liegt mehrere tausend Kilometer von der nächsten menschlichen Siedlung entfernt.

Im Jahr 1970 war jede isolierte, entlegene Insel mit einer Mindestgröße von einem Quadratkilometer bekannt. Etwas größer und man fand sie vielleicht als Eintrag im Großen Duden Lexikon mit ein paar Zeilen Text. Viel Information gab es da nicht, aber ganz wichtig war das Wort unbewohnt.

Der Sachverhalt verkomplizierte sich dadurch, dass eigentlich unbewohnte Inseln eine wissenschaftliche, meist meteorologische Station haben konnten mit einer unregelmäßigen Besetzung. Das Lexikon sagte dazu oft nichts.

Zu dieser Zeit haben PF und Andi relativ viel miteinander telefoniert, weil Heide, Pfs Wohnort, ja auch relativ weit weg lag und man sich nicht so einfach nach Schulschluss Nachmittags treffen konnte.

Trotz der Distanz war das Telefonat ein sogenanntes Ortsgespräch, die einzige Form von Telefonat, die damals schon vergleichsweise billig war.

Da sein Bedürfnis mit PF zu sprechen, weitaus größer war als die tatsächlichen Gelegenheiten, die er bekam, führte Andi vorgestellte Gespräche mit PF, in denen er mit seinen Argumenten zu überzeugen versuchte, aber auch immer, selbstverständlich eingebildete Gegenargumente zu hören bekam.

Diese virtuellen Gespräche hielt Andi später nicht für unbedeutend, in sehr späten Jahren machte er sie sogar mitverantwortlich für gewisse Fehlentwicklungen. Diese aber zu erläutern, würde den Rahmen dieser Geschichte sprengen.

Mit der Maßgabe, ihre Vorhaben zu verheimlichen, entwickelte sich Andi zu einem gewieften Lügner.

Oder war er immer schon ein Lügner?

Nun ja, Andi ist weder mit einer Zigarre im Mund auf die Welt gekommen, noch als Lügner, nun ja, vielleicht hat er als Baby, wie viele andere auch, etwas mehr geschrien als es notwendig war und es ist auch unklar, warum er die Tapete in Reichweite des Laufstalls mit Kacke, mit seiner Kacke beschmiert hat, obwohl sich später zeigte, dass er keinerlei Talent zum Künstler hatte.

Ist er wegen der Kacke verprügelt worden, ist er von seinen Eltern geschockt worden? Es gab später sicher Prügel.

Man lernt schnell, dass es vorteilhaft ist, bestimmte Dinge zu verheimlichen.

Die Anlage zum Verheimlichen war also früh gelegt und somit haben seine Eltern keine Teilhabe an seinen Phantasien gehabt; im größeren Umfang hatte aber sein Kindergartenfreund PT daran Anteil.

Mit seiner Einschulung und das ist auch die Zeit, in der die Freundschaft mit PT richtig entstand und spätestens dann wurde er und bei PT ist es wohl ähnlich, zu einem kleinen gläubigen Katholiken, eine Zeit, in der die protestantischen Kinder, die es auch im Ort gab, die aber in die andere Schule gingen, für ihn moralisch unterlegene Untermenschen waren, eine Abqualifizierung, für den sein Pfarrer, Pfarrer Cremer den Nährboden zubereitete.

Sie waren streng gläubig, katholisch, gingen regelmäßig

in die Messe, etwas, was die protestantischen Kinder ja nicht taten, sie gingen natürlich zur Maiandacht und Rosenkranzandacht und regelmäßig zur Beichte.

Diese Beichten waren wirklich ein besonderes Ereignis. Nach der Beichte eilte Andi befreit nach Hause oder ist das jetzt klischeehaft übertrieben, denn die Spuren der Erinnerung sind praktisch unauffindbar.

Mit Sicherheit haben sie bei der Beichte die Wahrheit gesagt und nicht viel verschwiegen. Damals war das Sexuelle ja auch nicht so wichtig. Als Andi Mädchen beleidigt und verletzt und nach Stundenlöhnen gefragt hat (es war ja eigentlich nicht ein wirkliches Fragen, sondern ein Ausrufen), ist er mit Sicherheit nicht mehr zur Beichte gegangen und vielleicht fing die ganze Lügerei auch mit dem Sexuellen an. Andis Empfinden und Neugierde stand voll im Gegensatz zur Sexualmoral von Pfarrer Cremer. Oder was waren die Quellen, was man durfte und was nicht?

Katholisch gesehen durfte man sexuell fast gar nichts, nur über den Umweg einer Heirat oder Verlobung, nach denen man doch ein bisschen durfte.

PTs Eltern waren katholischer als die von Andi. Dieser Schwachkopf hatte dann offensichtlich auch vergessen, dass sein geliebter Großvater, Opa Gottfried, der an Lungenproblemen starb, als Andi sechs Jahre alt war, evangelisch war, seine Mutter also in einer Mischehe groß geworden war. Sein Großvater war alles andere als ein Untermensch, was das auch immer sein soll. Er hatte einen gutmütigen Charakter, der in Beziehung zum Rauchen eine gewisse Schwäche zeigte, sich dessen offenbar auch bewusst war, weil er seiner Tochter das Rauchen verboten hatte.

Andis Eltern gingen nicht mehr regelmäßig in die Kirche, aber er musste noch. Er gab es dann nur noch vor und machte statt der Messe Spaziergänge, in denen er auch seinen Gedanken nachhing, vielleicht ein erstes Philosophieren begann. Aber hier wurde offensichtlich gelogen. Also auch ein Auslöser zum Lügen war es, die Messen schwänzen zu können. Das Mobbing von Pfarrer Cremer hat dazu beigetragen, dass er keine Lust mehr hatte in die Messe zu gehen und begann, die Grundlagen des Glaubens zu hinterfragen.

In dem Schuljahr, in dem sich der protestantische PF und Andi anfreundeten, saß Andi wie gesagt neben einem Dicken, der aus Niederkassel stammte. Niederkassel, das war der Balkan und die Kinder, die dort wohnten, mussten eine lange Busfahrt aufnehmen, um zum Gymnasium zu kommen, aber ähnliches galt ja auch für PF, der ja sogar in Siegburg umsteigen musste.

Vergessen, warum PF überhaupt auf ihre Schule ging, er hätte ja bequemer in Siegburg aufs Gymnasium gehen können, wie PT, aber sie haben vielleicht die Gründe nie besprochen.

Irgendwie muss Andi mit dem Dicken klargekommen sein. Was bewog Andi, gegenüber ihm eine Freundin zu erfinden, ein Mädchen namens Georgia? Er hatte bei seiner Erfindung bewusst einen eher exotischen Namen ausgewählt, aber warum dann ausgerechnet einen Bundesstaat der USA beziehungsweise in der englischen Bezeichnung ein schönes Land, im Kaukasus liegend, aus dem Stalin stammte?

Mit Georgia übte er sich im Fabulieren und Lügen.

Sich richtig anfreunden mit dem Dicken tat er nicht, sondern er war auf den auch dicklichen PF ausgerichtet, der im Sport nun wirklich eine Null war, aber der hatte weitgehend ähnliche Phantasien wie er, allerdings bestand das Problem, dass PF der Commander war und Andi nur der 1. Offizier, der Navigator, wie er sich selbst bezeichnete.

Spätestens im Erwachsenenleben war klar, dass Andi einen eher schlechten Orientierungssinn hatte und dass er sich zum Navigator erklärte, hatte wohl die Ursache darin, dass er mit dem Großen Duden Lexikon hervorragende Sternkarten besaß, die er hin und wieder studierte.

Mit anderen Worten: seine Kenntnisse in Astronomie übertrafen die von PF bei weitem, der aber für einen dreizehn- oder vierzehnjährigen ein solides Grundwissen hatte.

Es ist schon kurz erwähnt: für eine kurze Zeit versuchte Andi für sie beide Spitznamen zu etablieren, die der Astronomie entlehnt waren: ihm war nämlich aufgefallen, dass zu PF, der mit Nachnamen Fuhrmann hieß und in Heide, Kapellenstrasse 13 wohnte, der Namen Capella Auriga passte. Capella ist der hellste Stern im Sternbild Fuhrmann oder Auriga. Er beschloss PF Capella Auriga zu nennen.

Im Vergleich zur Sonne war Capella Auriga ein recht großer Fixstern und natürlich wussten beide, dass Sterne, bis auf die Planeten, Sonnen waren.

Capella Auriga war eine recht große Sonne, die sich dann auch eher in der Nachbarschaft unseres Sonnensystems befindet,

also musste er für sich einen weitgehend ähnlichen Stern als Namensgeber finden und das war Arcturus Bootes.

Arcturus, der hellste Stern im Bärenhüter auch Bootes genannt.

Obwohl diese Spitznamen nur wenige Wochen Bestand hatten und als Henry längst nicht mehr Andi von irgendwann genannt wurde, bekam „Arcturus" ein Revival als Nick für Online-Spiele und Wikipedia, aber das ist eine andere Geschichte.

Alles in allem ist es nicht eindeutig, zu erklären wie die Lüge ins Leben von Andi kam, aber es waren ausgewählte Leute, die er belog.

Im Übrigen behauptete der Dicke auch eine Freundin zu haben, vielleicht log er auch und hatte gespürt, dass Andi ihm einen Bären aufgebunden hatte.

Es sei noch erwähnt, dass er von einem Schüler den

Spitznamen Chamäleon bekam.

Es gibt zwar einen Unterschied zwischen Lügen und Verschweigen, aber in ihrer Wirkung kann es manchmal auf dasselbe hinauslaufen.

Seinem Kindergartenfreund PT, der ja auf das weit entferntere Gymnasium in Siegburg ging, hatte er verschwiegen, dass er sitzengeblieben war und Andi ist schließlich zweimal sitzengeblieben. So oft sahen sie sich nicht mehr, verglichen mit den Zeiten der Volksschule und PT musste wohl für den Schulweg auch einen Bus früher nehmen.

Zurück zu den Frauen, die zumindest in der Phantasie von Andi eine Rolle spielten.

Die erste Schauspielerin für die der Junge, der noch nicht Andi hieß, schwärmte, war wohl Heidi Brühl. Sie war wohl auch Sängerin und älter als er. Ob ihm die Schlager gefallen haben, wissen wir nicht mehr, gefallen hat ihm aber der Spielfilm „Die Mädels vom Immenhof", den er im Fernsehen gesehen hatte.

Heidi Brühl war blond und während im Vorschulalter noch ein sagenumwobenes, ominöses Alaska sein Lieblingsland gewesen ist, ohne näher die geografischen und insbesondere klimatischen Gegebenheiten zu kennen, war es in der Pubertät dann Schweden und mehrheitlich waren in seiner Vorstellung dort die Menschen, aber insbesondere die Mädchen blond. Es war aber nicht die Fernsehserie „Die Kinder von Bullerbü", die er sehr früh mit wechselndem Interesse verfolgt hatte, noch Pippi Langstrumpf die seine Schwedenbegeisterung begründete, sondern Schweden hatte einen sehr hohen Waldanteil. Schweden war politisch neutral und hatte eine bewundernswerte Luftwaffe mit selbst entwickelten Kampfflugzeugen, die er vom Flugzeugquartett kannte, das er mit PT spielte und das er später für eine Art Skat gebrauchen wollte (kam aber nicht zum Einsatz). Das waren Flugzeuge, die es mit dem Starfighter oder der MIG 21 aufnehmen konnten. Wald, Neutralität, Kampfflugzeuge und nicht zuletzt blonde Mädchen. Obwohl er schon sexuelle Phantasien besaß, die Fernsehsequenzen oder aber ältere Frauen, die seine Mutter hätten sein können zur Quelle hatten, hatte er Freundschafts- und Liebesphantasien über blonde Mädchen, die aber seltsamerweise nie sexuell waren und

über einen Kuss (kein Zungenkuss) nicht hinausgingen.
In so ein blondes Mädchen, dass auf dem Gymnasium fürs andere Geschlecht zur Schule ging, war er sogar länger verliebt.
Als die Inselpläne reiften, flog er mit einem kleinen Raumschiff, das auch den Saab-Kampfflugzeugen ausweichen konnte, nach Schweden und dann entstanden in seinem Kopf kleinere Geschichten, in denen er zum Beispiel im ländlichen Schweden ein Mädchen aus irgendwelchen prekären Verhältnisse befreite, sie zur Flucht überredete und überredete mit ihm zu seiner Insel zu fliegen.

Ab Ende 1971 lief zu ähnlichen Phantasien Echoes von Pink Floyd.

Es gab da allerdings noch eine Variante, die mit Schweden nichts zu tun hatte, sondern in den Feldern der Umgebung begann.
Es war eine Geschichte so ähnlich wie Spielbergs ET, nur rettete Andi kein kleines kosmisch-hässliches Wesen, sondern ein außerirdisches Mädchen, womöglich blond.
Das Mädchen war abgestürzt und die Verfolger der staatlichen Behörden begannen mit ihren Aktivitäten. Er musste der Außerirdischen helfen und sie rannten durch die Roggenfelder, vorbei an Kornblumen und Klatschmohn. Meist war das Ziel der Wald, in dem man sich besser verstecken konnte.
Wie das letztendlich ausging, wurde vermutlich nie zu Ende gesponnen, es wäre für sie ja nicht so einfach gewesen, dauerhaft im Wald zu bleiben.
Auch hier gewann er eine Freundin, die er sexuell nicht belästigte und manchmal war der Außerirdische ein Junge.
Solche Geschichten spann er auch, wenn er zum Schlafen

in sein Bett gestiegen war und möglicherweise halfen diese Geschichten beim Einschlafen.

Die naheliegende Einschlafphantasie in der Phase, in der es wärmer im Bett wurde, war, mit einem kleinen Raumschiff einfach abzuheben.

Die Dinge, die hier erwähnt werden, sind nicht chronologisch.

Während der Phantasien, die er beim Hören von Echoes hatte, war er fast sechzehn beziehungsweise sechzehn und älter und das Zeitalter der Raumschiffe war praktisch vorbei.

Es war ein längerer Weg vom Navigator, der irgendwie Gleichberechtigung zu seinem Commander suchte, hin zu jemand, der der Erde den Rücken zuwandte und so auch dem Commander, der womöglich nun Großadministrator der Erde geworden war, um eigenständig mit seinen zylinderförmigen Raumschiffen im Weltraum Handel zu treiben bis schließlich hin zu der Erkenntnis, dass man keine Raumschiffe bauen konnte.

Diese Erkenntnis setzte bei Andi deutlich früher ein als bei PF, der die Insel mit 50000 Leuten besetzen wollte, um seine Pläne zu realisieren.

Es war wohl schon die Zeit, als Echoes lief, als es für Andi klar wurde, dass es keine Raumschiffe geben würde.

Andi befand sich auf dem Weg von der Bushaltestelle nach Hause, das letzte Stück Schulweg, etwa einen Kilometer lang.

„Wir können keine fünfzigtausend Leute auf die Insel bringen. Das kann man nicht geheim halten."

Der vorgestellte PF in seinem Kopf widersprach.

„Um Raumschiffe zu bauen, braucht man so viel Leute."

„Ich denke, es dürfen höchstens fünfzig sein. Fünfzig Leute kann man vielleicht geheim halten."

Der Plan war ein Plan der Mittelbeschaffung. Als Erstes musste man als kleinere Gruppe Mittel beschaffen, damit man mit einem Schiff auf die Insel kam.

„Wir brauchen einen Computer um perfektes Falschgeld hinzukriegen", hatte PF gesagt, aber möglicherweise war es auch Andi, der diese Vorstellung hatte, das in einer Zeit, in der es noch keine PCs gab, geschweige Handys. Man ging davon aus, dass der Computer, der die Falschgeldproduktion steuern sollte, mehrere Millionen Mark kosten würde. Daneben bräuchte man ein Schiff, einen kleineren Hubschrauber, diverse Maschinen und allgemein wissenschaftliches Gerät.

Insgesamt veranschlagten sie etwa 10 Millionen Mark und PF, aber vielleicht auch Andi nannten die Aufgabe, dieses Geld zu beschaffen START.

Es war wohl beiden klar, dass zehn Millionen nicht reichen würden, um ein Raumschiff zu bauen, dass womöglich interstellare Raumfahrt ermöglichte und Waffensysteme hatte, um es mit der Luftwaffe der USA und der UDSSR aufzunehmen zu können.

Für dieses Projekt brauchten sie mindestens fünfzig Milliarden Mark Falschgeld, verteilt auf relevante Währungen.

„Ich glaube, wenn sie perfekt sind, die Scheine, fällt das erst nach Jahren auf."

Andi war anfangs wirklich dieser Überzeugung.

Er hatte begonnen, sich mit Gelddruck zu befassen. Das größte Problem für die Fälschung schien das Papier zu besorgen oder gar herzustellen. Hinzu kam das Wasserzeichen, die geheime Chemie der Druckfarben als Herausforderung, das Problem der doppelten Seriennummern...

Die Geldmenge des zirkulierenden Bargeldes würde erheblich erhöht, aber beide konnten sich nicht vorstellen, dass es daran scheitern würde. Schwieriger war das, was man Geldwäsche nennt.

„Wir müssen eigene Banken gründen", meinte PF, der von der Finanzwelt etwas mehr verstand als Andi.

Aber zurück zu dem Gespräch auf dem Schulweg.

„Ich glaube, wir kriegen das mit den Raumschiffen nicht so schnell hin."

Der Commander stellte sich stur.

„Wir brauchen einen eigenen Staat. Auf der Insel können wir das nicht. Die zerbomben uns."

„Wir werden keine Arkoniden haben."

Perry Rhodan hatte mit der Hilfe des Raumschiffs der Arkoniden Crest und Thora die Macht auf der Erde übernommen.

Es mag nun sein, dass hier PF etwas begriffsstutzig wirkt und es soll nochmals betont sein, dass von beiden PF der intelligentere war, aber deswegen war er auch von seiner Ingenieurskunst, von seinen Möglichkeiten überzeugt.

Für Andi war klar: mit fünfzig Milliarden konnte man nicht unbedingt eine Sternenflotte bauen, aber man konnte Entscheidendes für eine Weltverbesserung unternehmen und schließlich wurden sie ja älter und reiften,

Kinderphantasien verschwanden, aber Wissen über die Welt wuchs und das Bewusstsein in einer ungerechten und grausamen Welt zu leben, wenn es auch freundliche Nischen gab, die darüber hinwegtäuschen konnten.

Und es gab das Bewusstsein, dass es vielen Menschen besser gehen konnte, wenn man nur wollte.

„Es muss ein Staat sein, der jetzt noch nicht existiert. Also was jetzt noch Kolonie ist. Ich glaube, die besten Voraussetzungen hat das ehemalige Deutsch-Südwestafrika."

Deutsch-Südwest war dann das Areal, bei dem PFs Gestaltungswillen sich austoben konnte. Er plante Städte mit enormen Hochhäusern und Magnetschnellbahnen, die die Städte verbanden.

Gewissermaßen war der Rahmen gesetzt und es gab nun jede Menge Beschäftigungsfelder, in denen man recherchieren musste. Man musste nun alles vertiefen, sich mit Teilproblemen befassen, insbesondere mit den kritischen, die vieles vielleicht alles infrage stellen würden. Allerdings hatten sie auch noch jede Menge Zeit. Klar war, dass man mit konkreten Aktionen, beispielsweise zu START noch bis zu ihrem Abitur warten musste und dieses Abitur lag noch etwa vier Jahre vor ihnen.

Es sei erwähnt, dass Andi in diesem entscheidenden Jahr 1971 das Klassenziel nicht erreichte und der Freund PF so gerade, zu sehr haben sie in der Obertertia weiter an ihren Plänen gesponnen. Es sei nur nebenbei erwähnt, dass PF im Jahr 75 das zweitbeste Abitur der Klasse machte, mit einem Schnitt deutlich besser als zwei und das auf einem Gymnasium, dass den Ruf hatte in der Umgebung das Härteste zu sein.

Aber in dieser Obertertia, die von Sommer 70 bis Sommer 71 währte, teilten sich PF und Andi die Schulbank und es wurde gesponnen. In der Untertertia hatten sie nicht nebeneinander gesessen, was wohl noch einen günstigen Einfluss auf die Schulnoten hatte.

Man wollte mit tatsächlichen Aktionen bis zum Ende ihrer Schulzeit warten. Bis dahin hieß es planen, Ideen entwickeln, recherchieren, aber auch ein Team zusammenstellen, das später in der Lage wäre, START zu realisieren, wobei sich PF und Andi zeitweilig stritten, ob es eher ein Bankeinbruch sein würde oder eine Entführung. PF hielt von Entführungen wenig. Legale Möglichkeiten wurden aber auch erwogen.

Es gab aber einen Plan beziehungsweise eine Aktion, die

sie als noch Fastkinder durchführen wollten und die sich auch mit der eigentlich unausgesprochenen Absicht, Abitur zu machen, widersprach.

Das Projekt hieß UNDERGROUND und war PFs Idee. Sie war wohl schon gegen Ende der Untertertia aufgekommen. Alles in allem war es eine recht blödsinnige Idee, aber mit dreizehn oder gerade vierzehn war PF praktisch noch ein Kind. Unklar, ob die Idee mit der Insel schon geboren war.

Man bräuchte ein geheimes Hauptquartier, irgendwie versteckt.

Als Kinder oder auch als Jugendliche mit eher bescheidenen Taschengeld konnte man natürlich keine Räumlichkeiten anmieten. PFs Idee war, im Wald eine Art kleinen Bunker zu bauen, der von außen nur schlecht erkennbar war und in dem man leben konnte. Einer von ihnen sollte in UNDERGROUND leben und irgendwie traf es dann Andi, dass er UNDERGROUND beziehen sollte.

Man muss sich dann wirklich etwas um den Geisteszustand von Andi Sorgen machen, denn er war schon fünfzehn, als er noch aktiv sich für dieses Projekt einsetzte.

PF oder vielleicht auch andere sollten ihn versorgen. Zeitweise muss sich seine Phantasie mit dem Leben in UNDERGROUND beschäftigt haben. Vielleicht hat er auch geträumt, Gesellschaft von einer netten, jungen Außerirdischen zu haben.

Diese Idee, im Wald zu leben, hatte etwas total faszinierendes. Vielleicht erinnerte sie auch an seine Kinderphantasien, als sie, die Bande, noch auf Rehen geritten waren.

Allerdings kaum vorstellbar, dass ihn bei der Idee im Wald zu leben, nicht etwas mulmig war. Wollte er wirklich seine Eltern verlassen, die Schule verlassen? Das Verhältnis zu seinen Eltern war zu der Zeit schon recht problematisch und möglicherweise sah er in seinen Eltern keinen Hindernisgrund. Aber die Schule verlassen? Das hieß völliges Vertrauen auf das Gelingen ihrer Pläne und Vertrauen auf seine Freunde.

Vielleicht hat er gegen Ende des Projekts vielleicht nur gedacht, dass es vielleicht sinnvoll wäre, so ein Hauptquartier zu haben, ohne es tatsächlich zu beziehen, eher als eine Möglichkeit.

Wie dämlich alles angegangen wurde, soll dennoch erzählt werden.

Es war so vieles lächerlich. Lächerlich waren die Orte, die sie für UNDERGROUND auswählten; es müssen insgesamt drei gewesen sein, einer wurde aber schnell als Platz verworfen.

Die Umgebung von PFs Wohnort hatte nicht unbedingt mehr Waldfläche als die von Andis Wohnort, aber für Andi war der Wald um Heide interessanter (wenn er verdrängte, dass er sich immer für die Wahner Heide interessiert hatte, aber da war ja das belgische Militär) und er fuhr ganz gerne im Gegensatz zu PF Fahrrad.

Man begann an einer Stelle zu graben, die nur zehn Meter von landwirtschaftlicher Fläche entfernt war. Der Lehmboden war hart und man kam kein bisschen voran. Die Erkenntnis reifte langsam, dass dieser Ort für UNDERGROUND ungeeignet war.

Die dritte Stelle lag in Richtung Wahnbachtalsperre, der Waldboden war locker und mit ihren Spaten konnten sie die Erde gut ausheben.

Lächerlich war hier vor allem, dass diese Stelle in Nähe einer asphaltierten Straße lag, keine vierzig Meter entfernt und das Areal war im Prinzip gut einsehbar, da die Bäume nicht sonderlich dicht standen.

Man hatte beschlossen, bei den benachbarten Baustellen im Ort Baumaterial und Werkzeug zu klauen und auch damit begonnen, wobei es sich nur um Bagatellediebstähle handelte.

Da man nachts besser klauen konnte, hatten die Fünfzehnjährigen beschlossen, sich nachts in Heide zu treffen.

Für Andi bedeutete das eine Fahrt durch das nächtliche Siegburg, vorbei am Striplokal, das vielleicht noch offen hatte, durch den Wald den Berg hinauf zwischen Stallberg und Franzhäuschen, Heide.

Es liegt nun im Dunkeln, wie oft er das gemacht hat, wie oft sie sich Nachts getroffen haben, aber vermutlich keine dreimal, aber eines bleibt in Erinnerung.

Unmittelbar in Nähe von ihrem UNDERGROUND, vielleicht sogar mit etwas Diebesgut dabei, wurden sie von der Polizei aufgegriffen, die eben auf dieser asphaltierten Straße Streife fuhr.

Auf die Frage, was sie zu dieser Zeit hier machten, muss Andi geantwortet haben:

„Wir machen eine Nachtwanderung!"

Andi selbst hatte bewusst dieses Wort noch nie gehört und Nachtwanderung war eine spontane Wortschöpfung. Die Polizisten versuchten zu verstehen und das hatte eine gewisse Komik.

Später, so bemerkte Andi, waren dann anscheinend Nachtwanderungen durchaus üblich und das Wort schien nun Bestandteil der deutschen Sprache zu sein.

Sie mussten natürlich preisgeben, wo sie wohnten und die Polizei brachte die beiden Ausreißer zu PFs Eltern. Andis Eltern wurden von PFs Mutter informiert, alle Elternteile waren eigentlich entsetzt und Andi bekam später die Konsequenzen zu spüren.

Den beiden Polizisten ist vermutlich unklar geblieben, was die Jungs da im Wald eigentlich wollten. Später witzelten die Freunde noch über die Nachtwanderung-Legende.

Ein Dritter hat an dieser UNDERGROUND-Baustelle mitgeholfen. Nennen wir ihn Wolli, obgleich er so nur in seiner Familie und von späteren Freunden genannt wurde. Wolli war knapp anderthalb Jahre jünger als Andi und es war dessen Idee, Wolli für ihr Projekt zu gewinnen. Andi versuchte sich mit ihm anzufreunden.

Wolli war super gut in Mathe, noch besser als der

hochbegabte Thomas M., Wolli musste superintelligent sein.

Andi hatte herausgefunden, dass Wolli sich für Computer interessierte und ein Computer war ja in ihrer Planung ein notwendiges Mittel, um perfektes Falschgeld hervorzubringen.

PF und Andi hatten versucht ein Strategiespiel zu entwickeln, bei dem jeder Spieler Teile der Welt besaß und Ziel war es, die nicht eigenen Gebiete zu erobern. Es war so eine Art Dritte-Weltkrieg-Spiel, ohne die Möglichkeiten, die spätere Spielekonsolen und mit heftigen Grafikkarten ausgerüstete PCs boten, ein Spiel ohne Elektronik mit Unterstützung durch Weltkarten des Schulatlas. Die genauen Spielregeln waren noch nicht festgeklopft.

Andi setzte auf den Spieltrieb von Wolli.

„Ich will dir von zwei Spielen erzählen."

Er erzählte von dem Strategiespiel, dass ein bisschen wie Risiko war, ohne dass sie dieses Spiel kannten und er erzählte von einem Spiel im echten Leben.

Er erzählte Wolli vom Projekt und vielleicht erfand er zu dieser Gelegenheit die Formel:

„Wir wollen rausfinden, ob es möglich ist!"

Teil des Spiels war es herauszufinden, ob das Spiel Sinn machte, eine kompliziertere Konstruktion, die Wolli gefallen musste.

So ganz verrückt muss das für Wolli nicht geklungen haben, irgendwie wurde er zum dritten Mann ohne allerdings bemerkbar eigenständige Ideen beizusteuern.

Das Kommunikationsmuster war eher das, dass Andi eine kritische Frage stellte, die Wolli mit seiner Intelligenz bearbeiten und beantworten sollte.

In später versuchten Intelligenztests schnitt Wolli noch

besser ab als PF. Um es so zu sagen: die Aufnahmeanforderungen für den Mensa-Intelligenzbestien-Klub wären für ihn ein Witz gewesen. Trotzdem konnte man ihn für das Inselprojekt in irgendeiner Weise gewinnen, vielleicht sogar in einem Stadium, in dem auf der Insel noch Raumschiffe gebaut wurden.

Und für einen Nachmittag hat er dann auch bei UNDERGROUND geholfen, nach der Nachtwanderung oder vor der Nachtwanderung, wer weiß, es war sommerliche Zeit, Zeit des Lichts.

Dann kam das bittere Ende nach diesem Schuljahr. Zum einem, Andi wurde nicht versetzt. Vielleicht ein Grund UNDERGROUND zu beziehen.

Andi hatte in Mathe eine fünf, Wolli natürlich eine eins.

Das wirklich schlimme: Wenige Wochen nachdem Wolli geholfen hatte, das Loch für UNDERGROUND auszuheben, hatte Wolli einen furchtbaren Unfall, genauer gesagt am 9.8.1971.

Er kam unter die Räder eines Lastwagens, in Mülldorf, an den Straßenbahnschienen.

Er hat es so gerade überlebt.

Er verschwand für ein Jahr, lebte im Krankenhaus, x Operationen ausgesetzt und Morphium.

Andi hat ihn einmal oder zweimal besucht.

Mit dem neuen Schuljahr begann eine Zäsur.

Praktisch waren sie wieder zu zweit, aber in unterschiedlichen Klassen. UNDERGROUND und die Raumschiffe überlebten das neue Schuljahr nicht.

Für Andi die zweite Obertertia. Andi lernte Peter (PS) besser kennen, den Bruder von Wolli, der älteste von den vier jüngeren Geschwistern Wollis.

Peter war nun zweieinhalb Jahre jünger als Andi. Man

trank nach dem Unterricht Limonade, die man sich im Supermarkt kaufte, flaschenweise und Andi war darin sehr schnell.

Andi hatte seinen ersten Intelligenztest gekauft, zeigte diesen PS und sie probierten sich an einem.

Während das Ergebnis für PS knapp 140 war, brach für Andi eine kleine Welt zusammen: er erreichte IQ 105. Der viel jüngere PS tröstete ihn. Er sei sehr klug.

–

Das Wolli nun aus dem Verkehr gezogen worden war, war anscheinend ein größerer Rückschlag. Es ist schwierig zu sagen, ob dies wirklich stimmte.

Später, nach den endlosen Krankenhausaufenthalten war er wieder dabei, aber er war nur Mitläufer, der praktisch keine Ideen einbrachte, bestenfalls als Korrektur wirkte und für Andi war er irgendwie ein Mehrheitsbeschaffer.

Der Aufenthalt in den Krankenhäusern muss so schockierend gewesen sein, dass Wolli danach ziemlich sprachlos war. Er war verstummt. Wobei er vermutlich vorher schon ein eher introvertierter Charakter gewesen war.

Andi ging davon aus, dass die wertvollen Fähigkeiten von Wolli später, in der heißen Phase, genutzt werden konnten.

Allerdings sei hier auch erwähnt, dass in einer späteren, expansiven Phase zumindest ein Mitglied auf Wollis Kappe ging und möglicherweise wirkte er als Zugpferd.

Aber den Verlust durch den Unfall zu beurteilen ist schwierig, weil Wolli nach dem Unfall ein anderer war. Natürlich der Unfall selbst, aber insbesondere die Behandlung in den Krankenhäusern, die ihm sicher sein Leben rettete, das Wechselspiel zwischen Operation, Morphium und dazu Entzug, zudem die dadurch vergrößerte Einsamkeit im Krankenhaus müssen ihn einschneidend verändert haben.

Wie der frühere Wolli war, liegt in Vergangenheit. Sicher war er kein extrovertierter Junge gewesen, aber nach den Krankenhausaufenthalten war er verstummt.

Die Operations- und Wundschmerzen müssen unerträglich gewesen sein, hinzu kamen dann Schmerzen durch Entzug.

Schmerz wurde zu einer besonderen Kategorie in seinem Denken.

Andi hat ihn wahrscheinlich wie gesagt nur einmal besucht, auf dem Venusberg in Bonn. Wolli wurde zeitweise aber auch in Hamburg behandelt.

Vielleicht hat es auch einen Besuch von Andi bei Wolli zu Hause gegeben, als dieser zwischen den Krankenhausaufenthalten eine Art Freigang hatte.

Es ist alles nicht so klar, weil Andi sich ja auch etwas mit Bruder PS angefreundet hat. Es liegt alles im Dunkeln, spielt aber für die Entwicklung des Projektes auch nicht so eine Rolle.

Interessant ist folgendes: Obwohl PF, Wolli und Andi in der gleichen Klasse gewesen waren und PF sich über die Aufnahme eines Hochbegabten hätte freuen müssen, stand PF Wolli etwas distanziert gegenüber.

Im Nachhinein kommt es so vor, dass sie im eigentlichen Sinn nie befreundet waren. Aber alles, vom hohen Turm einer fortgeschrittenen Zeit zu betrachten kann zu einem verfälschtem, zumindest undeutlichen Blick führen.

Interessant ist auch, dass Andi sich mit Wolli angefreundet hat, weil er ihn wegen seiner Fähigkeiten fürs Projekt gewinnen wollte.

Die Freundschaft hielt mehr oder weniger fast ein ganzes Leben. Hätten sie sich auch unabhängig vom Projekt angefreundet?

Genau das gleiche muss man sich für eine weitere spätere Freundschaft fragen und möglicherweise gibt es welche, die in den Sternen eine Antwort finden.

Die Gleichung „Freund ist Projektmitglied, Freund ist Mitglied der Gruppe" gilt für Andi für mehrere Jahre, mit einer Ausnahme namens Heinz Werner, hier kurz HWK genannt.

HWK stammte aus dem gleichen Ort wie Andi, war

ältester Sohn eines Metzgereiehepaares, dieses war erfolgreich, reich und er als Schüler war ebenso erfolgreich. Er war ein knappes halbes Jahr jünger als Andi, ausgesprochen muskulös und obwohl mit etwa 180 damals zehn cm kleiner als Andi viel stärker und zudem war er erfolgreich im Judoverein.

Die Muskeln hatte er vornehmlich durch die „Diät", bei den Ks gab es täglich jede Menge hochwertiges Fleisch zu essen.

Die Freundschaft entstand vielleicht aus dem Interesse den gemeinsamen Schulweg unterhaltsam zu verbringen, eine gemeinsame Fahrradfahrt, die etwa eine viertel Stunde oder auch zwanzig Minuten dauerte.

HWK und er waren nun in einer Klasse und HWK war ein Einser.

Die Fächer, in der er keine eins hatte, waren Mathematik und Physik.

–

Man könnte einiges darüber schreiben, wie Kinder ihre Kinderfreunde auswählen und sicherlich war Andi in dieser Beziehung ein Sonderling.

Der Umgang mit HWK hatte auf ihn einen großen Einfluss:

Er wurde ein guter Schüler, insbesondere die mathematischen Fächer flogen ihm nun etwas zu.

Während er in der ersten Obertertia in Mathematik sich ein mangelhaft eingehandelt hatte, stand er in der zweiten Hälfte der zweiten Obertertia nun fast sehr gut, obwohl in den beiden Obertertias vollständig verschiedener Stoff behandelt wurde.

Nun euklidische Geometrie und Pythagoras. Der neue Mathelehrer war Klasse!

Für Andi war es auch klar, dass für ihr Projekt eine umfassende Bildung wichtig war und er deckte sich mit Fischer-Lexika ein. Er hätte es auf die Spitze treiben können und er wäre vielleicht auch zum Einser geworden, wenn er denn Hausaufgaben gemacht hätte und sich etwas Zeit der Vorbereitung für den kommenden Unterricht genommen hätte.

Dennoch überwog nun das gut auf seinen Zeugnissen. Dies setzte sich bis zur Unterprima (12) fort.

HWK und er teilte den gleichen schrägen englischen Humor, denn auf ihrem Schulweg amüsierten sie sich über Sketche von Monty Python und Marty Feldman, die im Fernsehen, drittes Programm WDR liefen.

Irgendwann muss Andi von seinen Eltern einen recht kleinen Fernseher geschenkt bekommen haben oder es war auch anders, jedenfalls war der Fernseher da und stand in seinem Kinderzimmer.

Dieses Zimmer hatte die Besonderheit, dass es auf der zweiten Etage des Zweifamilienhauses seiner Eltern lag, neben dem Schlafzimmer der Sommers.

Die Sommers waren knapp ein Jahrzehnt älter als seine Eltern und deren Mieter. Er galt als Alkoholiker, der am späteren Abend auf bayrisch fluchte. Sakra!

Ludwig Sommer hatte zwei linke Hände, noch viel ausgeprägter als bei Andi. Da das Zimmer auf der zweiten Etage war, war Andi etwas der Kontrolle seiner Eltern entzogen und relativ früh schaute sich er auf WDR Filme von Fellini und Bunuel an. Er lernte auch die Marx-Brothers kennen.

Schulisch lief es nun immer besser, obgleich er an den Schulvormittagen oft sehr müde war, womöglich weil der Fernseher so lange gelaufen war und er gewöhnte sich ein Nachmittagsschläfchen an, so wie das Thomas S. ja auch machte; wie gesagt war der Geheimdienstchef aus seinem Blickfeld verschwunden. Er hörte Echoes und träumte von seiner Insel und vernachlässigte seine Hausaufgaben.

Es war an der Zeit, seinem Kindergartenfreund PT zu gestehen, dass er schon wieder eine Klasse wiederholte, aber möglicherweise hat er das auch erst in der Untersekunda gemacht.

PT war nun auf dem anderen Gymnasium, humanistisch geprägt, schon zwei Klassen weiter, obwohl er vier Monate jünger war als er.

PT war leicht über dem Durchschnitt groß, sein aschblondes Haar war um einiges blonder als das von Andi, das schon ein bisschen zu braun tendierte und seine blauen Augen brauchten wie Andi eine Brille, die Kurzsichtigkeit war aber nicht so stark wie bei seinem Freund und Blutsbruder.

PT hatte keine herausragenden Fähigkeiten und ihm lastete eine gewisse Durchschnittlichkeit an.

Auf der Volksschule war er, wie schon gesagt, der deutlich bessere Schüler, war allerdings auch im Vorteil, weil er eine begabte, ein Jahr ältere Schwester hatte. Er gehörte von den 40 Kindern zu den drei Besten, während Andi irgendwo unter den besten zehn zu suchen war.

Irgendwie müssen PT und Andi sich ganz gut verstanden haben und das seit ihrem sechsten Lebensjahr und es kam nur kurz zu Zerwürfnissen. Gespräche müssen anregend gewesen sein.

PT war nicht so ein großer Spinner wie Andi, aber er spann mit und von ihm kamen wichtige Anregungen. „1984" schlug voll rein und wurde zu einem der wichtigsten Bücher. Möglicherweise stammte auch die Anregung für „SCHÖNE NEUE WELT" von PT:

Zum Zeitpunkt von Wollis Unfall wusste PT vom Projekt nichts und er kannte auch nicht PF. PT war natürlich weitaus intelligenter, begabter, fähiger als irgendein durchschnittlicher Junge, aber er hatte keine überragenden Eigenschaften.

Was aus dem bisher gesagtem vielleicht deutlich geworden ist: Andi hatte auch keine überragenden Fähigkeiten, außer das sein Spinnerquotient sehr hoch war, verbunden mit einer Hartnäckigkeit seine Spinnereien weites gehend realisieren zu wollen.
Mit der Zeit bemerkte er natürlich, dass alles viel realistischer angegangen werden musste und da er ein gutes halbes Jahr älter war als PF, hatte er einen Vorsprung.
Die erste Insel seiner Wahl war die Rapa-Insel, eine entlegene polynesische Insel, aber die Lexika sagten dann, Rapa sei bewohnt. Henderson Island, ebenfalls Südwest-Pazifik, schien unbewohnt. Es stellte sich aber später heraus, dass diese Insel, unfruchtbar und mit einem sehr geringen Höhenprofil, ebenfalls ungeeignet war.
Im Südatlantik gab es die Gough-Insel, die aber nur etwa dreihundert Kilometer von der bewohnten Insel Tristan da Cunha entfernt lag, TdC hatte allerdings keine zweihundertfünfzig Einwohner und vielleicht einen Polizisten.
Die Crozets und die Kerguelen liegen in den Roaring Forties, ziemlich ungemütliches Wetter, was auch für einige australische und neuseeländische Inseln galt. Es gab dort auch teilweise Wetter- und Forschungsstationen.
Seine Wahl fiel schließlich auf Neu Amsterdam und Saint Paul, zwei französische Inseln, isoliert im Indischen Ozean.
Die beiden Inseln trennten etwa 100 Kilometer. Die kleinere, Saint Paul war definitiv unbewohnt und Neu Amsterdam war fast zehnmal größer mit etwa 60 Quadratkilometern. Da sie auf einer südlichen Breite liegt, die etwa der Siziliens entspricht, konnte das Wetter nicht

so schlecht sein, allerdings musste es dort kühler sein als auf Sizilien: die Antarktis hatte einen größeren Einfluss als die Arktis. Unklar war, ob Neu Amsterdam eine besetzte Forschungsstation hatte oder nicht. Das mussten sie herausfinden, was in Zeiten ohne Internet und Wikipedia nicht so einfach war. Eine mögliche Informationsquelle war die Universitätsbibliothek in Bonn, aber die nutzte man erst später.

Die Rohskizze des Plans sah nun so aus:
1. Planen und Recherchieren
2. Zehn Millionen Mark mussten beschafft werden, ob legal oder illegal. Bis zu diesem Punkt brauchte man kaum zehn Leute.
3. Mit den zehn Millionen mussten Technik, zum Beispiel ein Computer für das Falschgeld, ein Hubschrauber und ein Schiff organisiert werden. Nach Andis Vorstellung sollten bis zu fünfzig Leute auf die Insel. (Es scheint so, dass diese Zahl deutlich zu hoch ist und die Kosten für Schiffe deutlich zu niedrig angesetzt waren.)
4. Milliarden von perfektem Falschgeld in verschiedenen Währungen sollten in Umlauf gebracht werden; ein Staat auf dem Gebiet des heutigen Namibia sollte geschaffen werden, der Vorbild für die Menschheit sein sollte.
Die Schulzeit sollte dazu dienen, herauszufinden, ob das alles machbar und realistisch ist.

Das Projekt war in mehrere Schritte gegliedert und jeder Schritt bot Raum für Phantastereien und virtuelle Abenteuer.
PF sagte: Schrittchen für Schrittchen. Step by Step. Zuerst das Gymnasium, dann START (die zehn

Millionen), dann „nach Hause" (auf die Insel gehen), dann FG (Falschgeld).

In Namibia würden Millionen von Indern und andere Arme einwandern. Dort würde es eine Art Basisdemokratie geben, hochmoderne Skyscraperstädte wären verbunden mit hyperschnellen Magnetzügen, die ihren Strom von Fusionsreaktoren bekämen. Ernährt würden die Menschen mit modernsten Technologien, Nahrung aus Erdöl und so weiter.

Ein Ziel des neuen Staates wäre als multikulturelles Beispiel für die Einheit der Menschheit zu arbeiten. Zunächst musste man ein paar Jungs finden, die mitmachten.

Vielleicht war es auf den vielen Spaziergängen, die sie gemeinsam machten. Unklar ist, ob Andi schon sein Geständnis gemacht hatte, dass er sitzen geblieben war.
Nach einigen Überlegungen kam er zum Schluss, dass PT für das Projekt vielleicht doch geeignet war und suchte eine Gelegenheit ihm von der Insel und allem zu erzählen, um ihn für die Gruppenbildung zu gewinnen.
Er fragte PT, wie er sich sein späteres Leben vorstellen würde. Ein normaler Beruf, eine Frau und Kinder?
Sie waren eigentlich auf einer Entwicklungs- und Erfahrungsstufe, um sich noch nicht wirklich vorstellen zu können, was es bedeutet, verheiratet zu sein, obwohl sie dieses Model von ihren Eltern vorgelebt bekamen.
„Möchtest du wirklich so ein langweiliges Leben führen?"
PT war vielleicht durch solche Fragen etwas in die Ecke gedrängt, wollte natürlich nicht als Langweiler dastehen und musste zugeben, dass das normale Leben einen eher spießigen und langweiligen Erwartungshorizont bot.
Vielleicht hatte Andi schon früher von PF erzählt, aber nun erzählte Andi von dem Plan, in dem im Zentrum, in seinem Zentrum die Insel stand.
Er erzählte, wie er beim Hören von Echoes von der Insel träumte.
Echoes ist ein 23 minütiges Musikstück und im Wesentlichen, zumindest zeitlich, instrumental.
Es ist die komplette B-Seite des Albums Meddle von Pink Floyd. Der stürmische Anfang von Meddle, One of these Days, erinnerte schon an die Insel, auf der es recht windig und stürmisch zugehen musste. Die Texte von Echoes passten dann dazu, wie Andi seiner phantasierten schwedischen Freundin das Gestade des Eilands zeigt, das geniale Imitieren von Möwengeschrei durch das

Gitarrenspiel von David Gilmour passte zur ozeanischen Insel.

Andi stellte sich oft eine Nachtszene vor und um etwas vorwegzunehmen, die französische Post brachte eine Amsterdambriefmarke heraus mit einem Albatros als Motiv. Die erste Zeile des Textes von Echoes beginnt mit „Overhead the albatros ..." Der Beginn des Finale erinnerte ihn an den Hubschrauber, der die Insel einnimmt.

Die Insel hatte noch andere, schwächere Bezüge zu Pink Floyd. Mehrere tausend verwilderte Rinder, Folge eines gescheiterten Siedlungsversuchs, lebten auf der Insel, was zum Cover des Vorgängeralbums Atom Heart Mother passte, dass eine Kuh zeigt. Streng genommen ist dieses Milchvieh allerdings eine typisch schwarz-weiße Holstein-Kuh, was für die Amsterdam-Rinder nicht galt. Das Album nach Meddle, das Andi aber relativ spät kennenlernte, heißt „Obscured by Clouds", was soviel bedeutet wie versteckt unter Wolken und genau solche Qualitäten erhoffte sich Andi von Neu-Amsterdam. Der Beginn von „Dark Side of the Moon"....

PT mochte auch Echoes. Er wurde später ein großer Fan von Dark Side (das deutlich bessere Versteck) und es sollte auch erwähnt sein, dass Andi Pink Floyd über PT kennengelernt hatte, der Tonbandaufnahmen hatte, worauf Teile von Ummagumma waren.

Andi hat fälschlicherweise teilweise ganz andere Musik, die mehr an Weltraumkrieg erinnerte für ein Teil von Ummagumma gehalten.

Im Detail erzählte Andi seine Vorstellungen, machte auch deutlich, dass die Vorstellungen von PF etwas unrealistisch seien, er erzählte von einer Flotte von Raumschiffen und 50000 Leuten, die nach dessen

Vorstellung auf der Insel stationiert werden sollte.

„PF wird langsam aber vernünftiger."

Zu einer Gelegenheit (vielleicht später) sagte PT, dass Mao mit wenigen Getreuen angefangen und mit ihnen die Kommunistische Partei Chinas gegründet hätte bis hin zur Übernahme Chinas.

Das praktisch verbrecherische Versagen Maos wurde zur damaligen Zeit unter Studenten und Schüler nicht so häufig diskutiert.

Irgendwie ließ sich PT breitschlagen, mitzumachen und Andi versuchte ein Treffen zu Dritt zu organisieren.

Ende des Jahres 1971 kam es zu einem Durchbruch, der vielleicht wie eine Kleinigkeit aussieht, aber für Andi war es ein großer Durchbruch.

Er stöberte mal wieder in der einzigen Buchhandlung ihrer Stadt, dies war die Buchhandlung Kirschner.

Für eine mit eingemeindeten Ortschaften etwas über 50000 Einwohner zählende Stadt war es sicher kein Ruhmesblatt nur eine Buchhandlung zu besitzen. Diese war schon etwas größer, konnte aber natürlich mit den großen Buchhandlungen in Bonn und Köln nicht mithalten.

In dieser Buchhandlung Kirschner kaufte Andi seine Schulbücher und alles andere jenseits der Perry Rhodan-Welt, die ihren Ursprung in einem größeren Kiosk hatte, Andi entdeckte einen riesigen Atlas.

„The Times Atlas of the World", der einige Kilo schwer war, ein unglaublich großes, wuchtiges Ding. So einen großen Atlas hatte er noch nie gesehen und er war sich sicher, dass es keinen Atlas dieser Größe als deutsches Produkt gab.

Er fragte eine Mitarbeiterin des Ladens, ob er sich diesen Atlas angucken dürfe.

Andi hatte diese seine geografische Ader sich fast schon im Vorschulalter angeeignet, von daher schon ein starkes Interesse sich ein so großes Ding anzusehen, aber die größte Frage war natürlich: Wie würde dieser Atlas Neu Amsterdam darstellen?

Auf Seite 26 zeigte sich eine kleine Sensation. Die Amsterdam Insel und auch Saint Paul waren neben vielen anderen Inseln des Indischen Ozeans in einem Maßstab von 1:250000 abgebildet, ein Zentimeter entsprach zweieinhalb Kilometer und somit war Neu Amsterdam mehr als drei Zentimeter groß, groß genug um viele Details unterzubringen und zu zeigen.

Er sah Höhenlinien, die verdeutlichten, dass die Insel ein einziger Berg war und das Profil eine große Steigung zeigte, er sah nicht ganz im Zentrum einen Krater, den Crater Heribert, 880 Meter hoch war der höchste Punkt der Insel am Rande des Kraters, die im Westen steil abfiel, ähnlich wie der Westen der Südspitze Fuerteventuras.

Er sah einen Ort im Nordosten der Insel, der La Roche Godon hieß.

Ein bisschen bitter war das schon. Es musste die Forschungsstation sein, von der sie aber nicht wussten, ob und wann sie besetzt war.

In dem Lexikon seiner Eltern (Großes Dudenlexikon) war die Insel nicht aufgeführt.

Das kleinere Saint Paul mit entsprechend kleinerer Darstellung zeigte eine interessante Form. Sie besaß auch einen Krater, der aber zu einer Seite offen zum Meer war. Das ideale Versteck für Kapitän Nemo und seinem U-Boot, möglicherweise auch ideale Falle.

Auf Saint Paul selbst konnte man sich nur schlecht verstecken, es sei denn, man hätte sich wie bei UNDERGROUND in den Boden eingegraben.

Obwohl das mit der Insel ursprünglich Jules Vernes Idee gewesen war, hatten sie noch nicht in Erwägung gezogen das Falschgeldprojekt (eine Anregung aus der Perry Rhodan-Redaktion, die dies die Meister der Insel ausführen ließ) in einem U-Boot durchzuführen.

Man muss sich Saint Paul als ein grünes, aber praktisch baumloses Eiland vorstellen. Die beiden Inseln, zwei Vulkane im Ozean.

Auf Neu Amsterdam konnte man sich verstecken, vermutlich an mehreren Stellen, aber ganz sicher im

Krater Heribert. Man wäre nur vom Himmel auffindbar.
Der Atlas war von 1967 und die Buchhändlerin teilte mit,
dass man das Exemplar verbilligt abgeben würde, statt für
vielleicht dreihundert Mark Originalpreis für einhundert
Mark.

Andi musste diesen Atlas besitzen. Er verfügte aber selbst
nicht über soviel Geldmittel, um mal so eben diesen Atlas
kaufen zu können.

Über wie viel Geld Andi tatsächlich verfügte liegt im
Dunkeln. Von seiner Großmutter Oma Froni aus
Schmandbruch, Volmarstein bekam er ein ordentliches
Taschengeld monatlich per Brief, für das er sich wohl
auch hin und wieder schriftlich bedankte. Die ältere Frau
in ihren Siebzigern war alles andere als wohlhabend, es
traf eigentlich das Gegenteil zu, denn sie hatte nur die
kleine Witwenrente eines einfachen Arbeiters. Aber sie
hatte nur einen Enkel.

Andis Großvater mütterlicherseits war ja schon gestorben,
als er eingeschult wurde und wie schon gesagt hatte er
diesen sehr gerne gehabt.

Oma Froni mochte er auch sehr, obwohl er sie schon
öfters geärgert hatte, weil er zum Beispiel
Einmachgummis nach ihr schoss.

Der Atlas war dann Oma Fronis Weihnachtsgeschenk.

Die Träumereien konnten sich jetzt weiter konkretisieren.
Mit Begeisterung zeigte Andi PT seinen Atlas, dieses
Ungetüm mit einem Index von vielleicht eine Million
geografische Namen.

Neu Amsterdam lag auf 37Grad 50 Minuten südlicher
Breite, auf etwa 77 Grad östlicher Länge, recht genau auf
einer Länge mit der Südspitze von Indien, die viele
tausend Kilometer entfernt war.

Die nächste menschliche Zivilisation befand sich auf den
Inseln Mauritius und La Reunion, auch mehrere tausend
Kilometer entfernt, die Insel lag also irgendwo zwischen
dem Kap der Guten Hoffnung und Südwestaustralien.

Saint Paul lag auf gleicher Länge einen Breitengrad
südlicher, also etwa hundert Kilometer.

PTs erster wichtiger Beitrag zum Projekt war die doch
sehr kleinen Abbildungen der Inseln im Atlas zu
vergrößern. Er war nun nicht der begnadete Zeichner, aber
zeichnen konnte er um einiges besser als Andi.

Resultat waren zwei Karten in DinA4 Größe, etwas
farbig, die Andi wie einen kleinen Schatz aufnahm.

Unklar ist, wo PT die Zeichnungen gemacht hat, ob also
Andi seinen Atlas aus der Hand gegeben hat. Im Dunkeln
liegt auch, wann PF zum ersten Mal Karten von der
Amsterdam Insel gesehen hat.

Auf den Zeichnungen waren Amsterdam und St. Paul
etwa gleich groß geraten und St.Paul sah mit seinem
gebrochenen Krater deutlich interessanter aus. PT war
dann wohl auch mehr ein Fan von Saint Paul.

Es dauerte vergleichsweise lange, bis es in Siegburg zu
einem ersten Treffen zu Dritt kam. Nach PTs
Tagebuchaufzeichnungen war es an einem Sonntag, es
war der 5.3.1972, ziemlich genau das Erscheinungsdatum

von „Grenzen des Wachstums", dem ersten Bericht an den Club of Rome, einer Organisation von einflussreichen Philanthropen, Industriellen und Wissenschaftler, ein Buch, das eine Diskussion auslöste, die für die Gruppe von fundamentaler Bedeutung werden sollte.

In Irland hatte das Jahr so richtig mit dem Bloody Sunday begonnen, Flugzeugentführungen, meist von Arabern ausgeführt bestimmten Pressemitteilungen, in Deutschland gab es die Baader-Meinhof-Bande, später RAF genannt, Willy Brandt versuchte seine Politik zu verwirklichen, zwischen den USA und der Volksrepublik China kam es zu einer Annäherung und es war auch das Jahr, in dem sich Pioneer 10 zum Jupiter aufmachte und da war die Serie Star Trek.

Dieses erste Treffen zwischen PF, PT und Andi ist in der Erinnerung völlig verschwunden.

Wahr ist, dass nach mehr als fünfzig Jahren PF und PT noch in einem losen freundschaftlichen Kontakt stehen, allerdings sind ihre heutigen Wohnorte etwa hundert Kilometer voneinander entfernt.

Für Andi muss es natürlich wichtig gewesen sein, dass PF, den er im Schulbetrieb noch in der großen Pause sehen konnte, positiv auf PT reagiert, natürlich auch umgekehrt. Man hat sich vermutlich in einer Kneipe getroffen, im Keeske, am Siegburger Markt und alle drei haben dort mit Sicherheit kein Bier getrunken und wenn, dann alkoholfreies Malzbier.

Diese Kneipe und vielleicht als Ersatz auch andere wurden neben dem Michaelsberg, der mit seiner leichten Erhebung und parkähnlichen Anlagen einlud, zu den Treffpunkten ihrer Gruppe.

Andi entwickelte eine größere Bindung, Affinität oder man kann fast sagen Zuneigung zu Siegburg.

Andi und PT fuhren meist mit dem Fahrrad nach

Siegburg, über die Aggereisenbahnbrücke, an Schrebergärten vorbei, am Rande der Stadt, zu ihrem Ziel. Es waren etwa sieben Kilometer.

Sie waren nun keine kleinen Genies der Weltrevolution. Wolli war ein kleines Genie in Mathe, er sollte in seinem Leben aber niemals einen wesentlichen Beitrag zur Mathematik leisten, vielleicht in angrenzenden Feldern. In diesem Alter von fünfzehn bis siebzehn gibt es auch nur wenige Gebiete, in denen Jugendliche mit Erwachsenen und insbesondere jungen Erwachsenen konkurrieren können. Vielleicht im Turnen und die Jugendleistungen von Schubert, Mendelssohn und Mozart haben die Jahrhunderte überlebt. Physiker und Schachspieler erreichen die Spitze mit Mitte zwanzig, Schriftsteller in der Regel später.

Ob Schuberts erste Sinfonie die Qualität seiner letzten hat, ist dann aber auch fraglich.

Es bildeten sich in der Zeit in Deutschland terroristische Vereinigungen, deren Mitglieder im Schnitt zehn Jahre älter waren als die vier der Gruppe.

Es ist dann auch fraglich, ob alle schon die Reife hatten, die Konsequenzen und Erfolgschancen ihres Handelns und Denkens zu durchschauen.

Historisch ist die RAF, die sich aus der Baader-Meinhof Bande entwickelt hat, im Gedächtnis.

Für die Gruppe war klar, dass das Ermorden von Menschen für ihre Ziele nicht infrage kam.

Kriminelle Mittel in der „Tradition" von Robin Hood schon, obwohl oft verdrängt wird, dass die Bande von Robin Hood natürlich auch getötet hat.

So ganz gewaltfrei waren die Vorstellungen von Andi nicht, wenn er Kidnapping als Mittel für START nicht ausschloss. Er hätte natürlich seine Opfer nicht verletzen oder gar töten wollen, aber das sagt sich leicht.

Jedenfalls baute sich in der Gruppe das Bewusstsein auf,

dass sie so etwas wie ein Konkurrenzprojekt zu den kommunistischen und anarchistischen Terrorgruppen waren.
Sie wollten gewaltfrei und intelligenter als diese sein.
Man musste sich natürlich mit dem Kommunismus auseinandersetzen, überhaupt mit den Ideologien der Welt.

Verschiedenes hatte Andi dazu gebracht, an der Existenz Gottes zu zweifeln. Er diskutierte gern das Thema.
Die indische Religion mit ihrer Vielgötterei und ihren heiligen, abgemagerten Kühen war an sich lächerlich. Das diese Kühe unantastbar waren, war schon daher unverständlich, weil in diesem Land Menschen verhungerten. Eine ernstzunehmende Religion musste monotheistisch sein.
Er lernte die historischen Gottesbeweise kennen und auch wie sie widerlegt wurden, denn bei Kirschner hatte er auch das Buch „Warum ich kein Christ bin" von Bertram Russell gekauft. Er hatte es gelesen, verschlungen und an einer bestimmten Stelle lesend gekommen an die Wand geworfen, weil in einer dokumentierten Diskussion zwischen Russell und einem Pater Copleston, Russell, im Gegensatz zu allem was dieser bisher in diesem Buch geschrieben hatte, viel zu defensiv argumentierte.
Andi hatte auch seine eigenen Gedanken zum Thema.
Das Argument der ersten Ursache ließ er nicht gelten. Die Erfahrung zeigte ja nur, dass jedes Teil, jedes Element der Welt eine Ursache in anderen, frühere Teile hatte, die Welt war ein kommen und vergehen. Daraus zu schließen, die Welt als ganzes müsste eine Ursache haben schien ihm nicht schlüssig und zwingend, also nicht logisch.
Selbstverständlich lehnte er die christliche Moralvorstellung nicht vollständig ab. Samariter,

Nächstenliebe und auch das Auftreten von Jesus waren nicht unsympathisch, die andere Backe hinzuhalten schien ihm aber etwas übertrieben und Andi war klar, dass sich die Christen mit wenigen Ausnahmen nie vollständig an ihre eigene Morallehre gehalten haben. Sympathisch waren die Urchristen oder das, was er von ihnen gehört hatte. Das hatte etwas mit Urkommunismus zu tun.

Es hatte sich so etwas wie Hass auf die normale Gesellschaft gebildet. Das betraf nicht nur die deutsche, sondern alle wohlhabenden, vornehmlich westlichen Gesellschaften. Ihren Mitgliedern schien alles egal zu sein.

Zu jenen Zeiten starben deutlich mehr als zehntausend Menschen jährlich in Deutschland West im Straßenverkehr, egal, und die Politik und die Medien setzten ihre Prioritäten anscheinend woanders.

Andi war selbstverständlich Autohasser.

Schlimmer aber die Gleichgültigkeit gegen das sogenannte Elend der Welt. Auf der Welt verhungerten Menschen, Kinder starben an Krankheiten, die nicht sein mussten.

Die Opfer gingen in die Millionen, aber der Bevölkerung seines Landes war es letztendlich egal.

Irgendwie war sie natürlich ohnmächtig auf der einen Seite, auf der anderen Seite aber egoistisch. Niemand wollte von seinem Kuchen ein wesentliches Stück abgeben. Die Linke im Land hatte dann auch mehr die Armen im eigenen Land im Blick als woanders, aber in D musste niemand verhungern und für jeden gab es eine medizinische Grundversorgung.

Ohnmächtig und egoistisch.

Andi war davon überzeugt, dass ein wirkliches Wollen der reichen Länder, eine konzertierte Aktion, ein Krieg des Westens gegen die Armut, das Elend hätte besiegen und beenden können.

Es gab das UN-Ziel von 0,7% des Bruttosozialproduktes für Entwicklungshilfe auszugeben, ein lächerlich kleines Ziel, aber trotzdem eines, das von Deutschland nie erreicht wurde, von den meisten Ländern nicht.

Wie naiv Andi doch war, aber die Naivität war hinreichend für einen gewissen Hass. In einem richtigen Krieg gibt man nicht nur 0,7% aus, aber es gab diesen Krieg gegen die Armut nicht; man war faktisch gleichgültig, ohnmächtig und egoistisch.

Für Andi war es klare Sache: Für Entwicklungshilfe musste mehr ausgegeben werden als fürs Militär.

Da musste man doch zu Milliarden an Falschgeld greifen, um nur ein bisschen für ausgleichende Gerechtigkeit zu sorgen.

Er hatte eine kleinere Affinität zum Kommunismus, insbesondere zu seinem Ideal, in der ursprünglichen Form. Die Gesellschaften des real existierenden Sozialismus machten auch keine größeren Anstrengungen den Welthunger zu besiegen, aber diese waren auch weitaus ärmere Gesellschaften als die des kapitalistischen Westens und das kommunistische China hatte damals Probleme, seine eigene Bevölkerung zu ernähren.

War es in der ersten Obertertia? Auf Heiß eines eher unsympathischen Lehrers namens Decker wurde für die gesamte Klasse das Kommunistische Manifest von Karl Marx und Friedrich Engels angeschafft. Das Manifest ist im Gegensatz zum Kapital eher ein dünnes Büchlein, erschien viel früher, aber unklar, ob Andi oder auch PF wirklich den gesamten Text gelesen haben. Andi prüfte einzelne Sätze des Manifests kritisch auf ihre Logik und das, was er aus dem Manifest las, las er mit einer gewissen Reserviertheit.

Es scheint so, dass er und die anderen Pubertären, fast noch Kinder, viel zu früh mit dem historischen Werk konfrontiert wurden.

Der Westen kämpfte gegen den Kommunismus, man war die Bilder des Vietnamkrieges gewohnt, aber seltsamerweise liegt die Haltung Andis zu diesem Krieg in

Vergessenheit.

Er kannte ein bisschen diesen real existierenden Sozialismus, weil sein Patenonkel, älterer Bruder seines Vaters, mit seiner Familie im Oderbruch östlich von Berlin lebte. Er war mindestens zweimal dort zu Besuch gewesen. Irgendwie war das, angefangen mit der Grenzpolizei da doof, diese Unfreiheit, auch die Armut und er fragte sich, warum das so ist.

Andererseits, und insbesondere das letzte Mal, vielleicht mit 12 oder 13, war es für ihn wie ein Paradies, wenn er dort Urlaub machte. Das hatte vor allem aber mit den riesigen Wäldern dort und dem Umstand zu tun, dass sein Onkel nebenbei Jäger war.

Zurück ins Jahr 1972. Andi hatte begriffen, dass es verschiedene Versionen von Kommunismus gab. In der Praxis unterschieden sich der sowjetische und chinesische. Es gab die jugoslawische Variante. Warum gehörte Jugoslawien nicht zum Warschauer Pakt? Rumänien, Polen, die Tschechoslowakei, Kuba, Korea und Vietnam, überall war der Kommunismus bzw. Sozialismus etwas anders.

Gab es auch den guten Kommunismus?

Es muss wieder PT gewesen sein, der ihn mit einer theoretisch anderen Variante des Kommunismus bekannt gemacht hat: dem Trotzkismus, exemplarisch von Ernest Mandel vertreten.

Wie es denn auch sei. PT hatte einen Schulkameraden, mit dem er die Schulbank teilte mit dem Namen Glagla, für Andi ein äußerst merkwürdiger Name und er unterdrückte, wegen des Namens nicht Vorurteile zu bilden.

PT hatte von Reinhard Glagla erzählt und dieser schien ein intelligenter Junge zu sein. Andi wollte dann testen, ob Glagla für die Gruppe infrage kam.

PT organisierte ein Treffen in der Wohnung von Glagla. Über die Wohnverhältnisse gibt es verschiedene verblasste Erinnerungen. War es eine einfache Mietwohnung oder besaßen, wie PT sagt, die Glaglas ein Haus? Jedenfalls hatte Reinhard G. ein Kinderzimmer und eine Musikanlage.

Für Andi gab es bei dem Anwerben neuer Jugendlicher oder soll man sagen Kinder ein Grundproblem: die Geheimhaltung ihrer Pläne. Man durfte selbstverständlich nicht Gott und der Welt davon erzählen, weil dann Gott und die Welt das Gelingen ihres Projekts verhindern würden. In der damaligen Phase, in ihren Anfängen war es vielleicht noch egal, weil sowieso niemand sie ernst nehmen würde, tatsächlich war es ja eine Lachnummer. Später musste auf jeden Fall absolute Geheimhaltung gelten und im Übrigen sah man sich selbst nicht als Lachnummer, man nahm sich ernst.

Dieser Glagla war ein paar Monate älter als Andi, natürlich nicht so groß, weil Andi mit seiner Länge fast alle überragte, hatte aber einen großen Kopf. Andi hatte sofort Respekt vor Glagla.

Er hörte andere Musik, zum Beispiel die Doors, mit der Andi etwas fremdelte, die doch aber faszinierend schien. Er kannte eigentlich nur Riders on the Storm , das ihm musikalisch gut gefiel, aber die Textstelle „there is a killer on the road", irritierte ihn sehr. Es schien so, dass die Texte der Doors um einiges härter waren als die, die er üblich hörte. Vergessen ist, ob sie „The End"gehört haben. Glagla war wohl schon als Kind politisch interessiert gewesen und hatte sich zeitweilig mit der Politik der FDP identifiziert, um dann auf den Sozialismus und Kommunismus umzudrehen.

Auch wenn der Kommunismus Gerechtigkeit für alle Menschen versprach, schien Andi die Chance gering, dass er sich weltweit durchsetzen könnte. Man musste sich ja nur anschauen, wie erfolglos die Kommunisten bei den Wahlen waren, unter 1% der Stimmen bekamen sie. Die SPD, die mit Willy Brandt den Kanzler stellte, war nicht wirklich sozialistisch, wenn überhaupt konnte man das von Teilen ihrer Jugendorganisation sagen.

Die Kommunisten selber waren zerstritten, der real existierende Sozialismus hatte versagt und Verbrechen begangen und vor allem hatte die sogenannte Internationale mächtige Feinde.

Andi schien es so, dass die USA dem kommunistischen Osten überlegen war. Und die Baader-Meinhof-Bande war im Prinzip auch eine Lachnummer, weil diese nicht ernsthaft davon ausgehen konnte, dass Gros der Bildzeitungsleser auf ihre Seite zu ziehen, auch nicht die Mehrheit der Nichtbildzeitungsleser.

Im Prinzip musste die RAF nur von bestimmten Eliten, sehr wenigen und ihr Wachpersonal ernst genommen werden, weil deren Leben bedroht war.

Um deren Leben zu schützen wurde die Gesetzgebung und die polizeiliche Exekutive eines 60 Millionen Landes stark verändert.

Tausend normale Morde, die fast so im Jahr passieren, reichten nicht dafür, schon aber der Tod von ein paar

Mächtigen und Prominenten.

Glaga bezeichnete ihre Gruppe als kryptoborgeois, was immer das auch bedeuten sollte, vielleicht kam die Bezeichnung auch von jemand anderen.
Andi und PT gelang es nicht, Glagla von der Gruppe zu überzeugen. Glagla gelang es im Prinzip, dass Andi ein paar Kapitel Mandel las.

Der Trotzkismus war dann für Andi eine kurze Zeit die sympathischste Lehre des Kommunismus. Das schicksalhafte Leben von Trotzki,- ohne es näher zu kennen und auch der Umstand seiner Liaison mit einer der bekanntesten Malerinnen der Welt, Frida Kahlo, hat zu dem Wissen nicht viel beigetragen - , machte ihn sympathisch. Unter Lenin wurde Trotzki ausgebootet, schließlich musste er Russland verlassen und fliehen, um schließlich von den Schergen Stalins in Mexiko umgebracht zu werden.

Andi lernte allerdings auch eine andere linke Strömung kennen, den Anarchismus, und er lernte, dass damit nicht nur Bombenleger, die Attentate auf irgendwelche Prinzen ausführten, bezeichnet wurden, sondern das es auch eine pazifistische Variante des Anarchismus gab.

Die Anarchisten lehnten den Staat als Grundübel und Ursache für Unterdrückung ab, natürlich nicht kommunales, gemeinschaftliches Leben und irgendwie wirkte das nicht uninteressant.

Die Lehre Bakunins, erst mal alles zu zerstören, um dann etwas Neues aufzubauen, war für Andi eindeutig zu radikal, Proudhon kam da viel gemäßigter.

Da Andi Orwell las, bekam er zu lesen, dass es in der Umgebung von Barcelona während des spanischen Bürgerkriegs anarchistisches Zusammenleben eine Zeitlang stattgefunden hat.

Und einen Punkt hatte der Anarchismus: von ihm ging nicht die nukleare Zerstörung der Welt aus, wobei aus der Distanz die Bemerkung erlaubt sei, dass der Nihilismus, der Schnittmengen mit dem Anarchismus hat, die Bereitschaft zur nuklearen Auslöschung verstärken kann.

Die USA und die UDSSR konnten die ganze Welt vernichten und niemand konnte sagen, ob es nicht, vielleicht durch unglückliche Zufälle ausgelöst, zum Dritten Weltkrieg kam.

Das waren eindeutig Argumente für einen irgendwie gearteten pazifistischen Anarchismus, aber im Prinzip haben wir zeitlich etwas vorweggenommen, weil diese Diskussionen fanden in Andis Obersekunda (11) und Unterprima (12) statt. Die überwiegend links dominierte Klasse von vielleicht dreizehn Schülern hatte zumindest eine Handvoll Fürsprecher, die sich vielleicht zum Entsetzen des Geschichtslehrers Wiebe für den Anarchismus aussprachen, wie unrealistisch diese Perspektive auch war, noch viel unrealistischer jedenfalls als ein Weltkommunismus. Andi war zu der Zeit auch Klassensprecher.

Zurück aber in das Jahr 1972. Die ersten Folgen von Raumschiff Enterprise wurden vom ZDF ausgestrahlt, die man sich natürlich ansah, wenn man konnte, die aber nicht verhindern konnten, dass man sich von den phantastischen Plänen, Raumschiffe zu bauen, verabschiedete.

Die NASA führte mit Apollo 17 am Ende dieses Jahres die letzte bemannte Mondfahrt durch, was vermutlich nur einen subtilen Einfluss auf sie hatte.

Dennoch wurden Rollen der Serie übernommen. PF war natürlich Captain Kirk und Andi versuchte sich in Mr.Spock, während er sich in der Perry Rhodan Serie immer gerne mit Atlan identifiziert hatte. Wer Perry Rhodan war, ist natürlich klar und wurde schon gesagt. Es war dann immer eine Mixtur aus bewundern, sympathisieren und identifizieren. Die Entwicklung zu Mr.Spock war dann geradlinig, hatte Atlan doch einen Logiksektor (irgendwo im Kopf) und Mr. Spock war für sein logisches Denken bekannt. Dass dieser relativ emotionslos war, war Andi bewusst und er versuchte sich auch darin, was aber völlig im Gegensatz zu seinem Naturell war, denn Andi war natürlich ein Romantiker.

Andi kam mit Goethe in Berührung, weil er den Werther las und doch beeindruckt, vielleicht sogar begeistert war und letztendlich sind die Leiden des jungen Werther eine romantische Liebesgeschichte, die bei Andi zündete. Auch wenn Goethe kein Vertreter der Romantik war, hat seine Sturm und Drang Zeit gemeinsames mit Romantik. Die Identifikation mit Spock war dann auch nur flüchtig und schnell vorübergehend, aber er bemühte sich, logisch zu sein oder vielleicht besser ausgedrückt: er gab vor (sich selber auch) logisch in seinem Denken und Handeln sein zu wollen. Das war an sich lächerlich, er versuchte das aber mit Leistungen zu untermauern, mit guten schulischen Leistungen, mit Siegen im Schach und scheinbaren Siegen in Diskussionen. Logisch war es auch im Sinne von Russell eine agnostische Position anzunehmen, sie entsprach aber auch seinem Gefühlsleben. Später wurde diese mehr atheistisch, weil das Agnostische ihm zu sehr verwässerte.

Er liebte dann Diskussionen über Gott, zerfetzte das Argument über die erste Ursache. Es dauerte nicht lange und er wählte seinen katholischen Religionsunterricht bei dem konservativen Wohlgarten ab, um freiwillig und ohne Notenbewertung beim protestantischen Unterricht, beim liberalen Forst mitzumachen. Da konnte er diskutieren und seine agnostischen Positionen vertreten.

Er hatte Einfluss auf Wolli gehabt, der auch eine katholische Messdienerkarriere gehabt hatte und dessen Familie war recht religiös. Das sah man daran, dass die Familie vor dem Abendessen betete, sehr befremdlich für Andi, der nicht wusste, wie er sich zu verhalten hatte.

Bei anderen Freunden wie PT und Lutz war sein religiöser Einfluss nicht so nachhaltig.

Er war nun die zweiten Obertertia, die er mit mulmigen Gefühlen begann, denn konnte das gut gehen mit seiner schulischen Laufbahn, war er doch nun ein zweites Mal sitzengeblieben? Aber selbst Lehrer wie Herr Riezler hatten seinen Eltern gesagt, man solle ihm noch eine Chance geben, denn er sei eigentlich nur zu verspielt und nicht zu dumm. Einige andere Eltern nahmen ihre Kinder von diesem Gymnasium.

In der erst großen Klasse versuchte er dann aufmerksam zu sein und er saß neben einem Lutz, der vielleicht eine leichte Ablenkungsgefahr darstellte, denn man kam sich schnell näher, Teile der Chemie zwischen ihnen schienen zu stimmen, Lutz schien ihn zu mögen und vielleicht fand Andi den Humor von Lutz irgendwie gut.

Lutz war anderthalb Jahre jünger, schlank, bebrillt und mit großen braunen Augen, der erste Freund von Andi mit dieser Augenfarbe. Er stammte aus mehr oder weniger privilegiertem Haus, denn sein Vater war Ingenieur mit Doktorgrad und war technischer Direktor einer größeren deutschen Batteriefirma.

Sie sollten bis zum Abitur nebeneinander sitzen.

Lutz war zur damaligen Zeit ein eher mittelmäßiger Schüler. Selbstverständlich beurteilte Andi die Fähigkeiten und Eignungen zum Inselprojekt, aber ähnlich wie PT schien Lutz keine besonderen zu haben. Allerdings konnte er Gitarre spielen. In Kontakt zu Lutz stand auch ein gewisser Benno (braune Augen), der auch nicht dumm schien.

Auffällig war auch ein Rainer, Sohn einer Druckereifamilie, mindestens so groß wie Andi, der aus der gleichen Ortschaft stammte. Der war völlig unsportlich und es kam relativ schnell heraus, dass Andis Vater enge freundschaftliche Beziehungen zu einem Onkel von Rainer gehabt hatte und seine Eltern mit Rainers Eltern und anderen einen gemeinsamen Urlaub verbracht hatten, lange vor seiner Geburt.

Da waren nun neue Jungs, die wichtig für Andi wurden: Lutz, Benno, der schon erwähnte HWK, zeitweilig Peter, der Bruder von Wolli und später dieser Rainer.

Andi war auch im Haus von Konermann, ein pfiffiger Junge mit Witz, der später zeitweise mit Regiearbeit überzeugte.

<u>Fortsetzung folgt!</u>